그날이 오면

그날이 오면

유성찬

도서출판 나루

책 머리에

지난 19대 대통령선거에서 함께 활동했던 경기도 친구가 앞으로 어떻게 어디서 살아갈 것인가를 제게 물어왔을 때, 제가 한 대답은 명확했습니다. '포항에서 태어났고 청소년기까지 자라다가 고향을 떠난 것은 대학시절 뿐이었고, 직장생활 때문에 경기도 의정부, 인천으로 몇 년씩 나갔다가 돌아온 이후로 고향에 대해 잊은 적이 없다.'고 말했습니다.

그리고 '나는 경북지역 민족민주화운동의 산물이고, 생업 때문에 서울과 외지로 조금씩 나가 있을 뿐 경북에서 떠나지 않을 것이고, 내가 하고 싶은 것은 우리 시대와 경북의 역사에 대해서 기록하고 싶다.'라고 말해주었습니다.

1987년경 포항에서 몇몇 친구들과 동지들이랑 어울리면서 '포항연구'라는 잡지에 지역의 해방3년사를 정리해보겠다고 말을 했었는데 벌써 35년이 지나갑니다. 정말 세월이 주마등처럼 지나가고 말았습니다.

인천의 한국환경공단 상임감사 역할을 맡고 있으면서 다시 포항에 돌아가 시대정신에 부합하는 나름의 역할을 수행하겠다고 마음먹은 적이 있습니다. 그래서 '경북시민참여포럼'이라는 단체를, 손종수 대표와 힘을 합쳐 '지속가능한 사회를 위한 시민연대(지속가능사회시민연대)'로 개칭하고 지역사회의 벗들 4명과 함께 '협동조합 지속가능사회연구소'를 만들었습니다. 그리고 지금 이재명후보의 당선을 위해 열심히 뛰고 있는 포항의 동지들은 지속가능사회시민연대의 간부 및 회원들입니다.

요즘은 밤마다 이재명후보의 시대정신인 실용주의에 대해서 책을 읽고 있기도 합니다. 실제로 정치활동이 시대적인 역할을 잘하기 위해서는 어떤 이데올로기에 매여 실천하는 것보다 국민들의 삶을 위해 실용적인 방법으로 정책을 추진해 나가는 것이 국민들의 뜻을 잘 받들어가는 것이라고 요즘 부쩍 생각되기도 합니다. 그리고 이번 20대 대통령선거는 실용주의 대 허위의식의 싸움이 될 것 같습니다. 그래서 반드시 승리할 것입니다.

저는 시장경제를 기반으로 공동체주의를 지향하는 사람입니다. 물론 자유와 평등을 근간으로 하는 민주주의자이기도 합니다. 청년시절 급격한 변화를 추구한 것도 사실입니다. 근본적인 변화를 추구하다가 아무것도 이룩하지 못하는 것보다 사람들의 삶에 실제적인 도움이 되는 가치를 추구하는 것이 훨씬 낫다고 요즘은 판단하고 있습니다.

민족의 문제, 평화와 통일의 문제에 대해서도 그렇습니다. 높은 이상보다 민족의 삶, 남북한 주민들의 삶에 도움이 되는 평화통일의 문제에 대해 천착하고자 하는 것이 제 실천력의 기본 자세가 될 것입니다. 그래서 실용주의자가 되고자 부단히 노력하고 있습니다.

이번 책은 다섯 번째인데, 그냥 편하게 읽을 수 있었으면 하는 마음에서 제가 살아왔던 이야기와 신문에 났던 저의 칼럼, 지속가능한 사회에 대한 생각과 지난 시기 NGO활동에서 배우고 느낀 점을 되새기고, 교훈과 학습이 될 만한 글들을 다시 기록으로 남기고자 했습니다.

다음번에는 포항지역운동사와 해방공간의 경북지역의 역사에 대해 알차게 남기고자 할 것입니다. 그리고 다시 한 번 이재명후보가 대한민국의 20대 대통령이 되어 가난하고 힘없는 사람들이 용기를 낼 수 있는 시대, 국민들의 삶이 개선되는 것을 보고 싶습니다.

2022년 1월 13일, 포항 영일대해수욕장에서

2001년 8월 황석영선생님과 백두산 천지에서

2011년 9월 포항이동당사 행사에서

국민참여당 최고위원 회의, 광주 2011년

경기도 양주 임꺽정 생가터에서

김경수 경남지사와 함께, 2020년

노무현나무와 함께

좌로부터 이남주교수, 이용일, 서원식, 조완기선배님, 故홍만희 형님

포항 참교육학부모회에서

포항이동당사 기자간담회에서

목차

1부
세상속으로

대구에서 왔다

요즘은 이력서나 행정서식에 본적을 기록하지 않지만 얼마 전까지만 해도 본적을 기록하여 그 사람의 출신이 어디인지 알 수 있도록 하였다. 장년이 된 사람들이 다 그렇겠지만, 그래서 나도 본적(本籍)을 외우고 있다.

대구광역시 중구 대신동 303번지. 특별하게 번지까지 외우게 된 이유는 어머니께서 대구 본적을 강조하셨기 때문이다. 그 이유는 상상할 뿐이다. 아버지와 어머니가 처음 만난 것이 1950년 중후반 유엔원조병원이었는데, 그래서인지, 큰아버지들의 친척들, 사촌형님들이 대구에 많이 살았기 때문인지, 외가와 왕래가 끊어진 이후에 무슨 일이 생기면 찾아갈 때가 있어야 했는지. 명확하게 어떤 이유에서인지 모르지만 어머니는 대구 본적을 강조했었다.

어머니는 전형적인 포항사람이다. 나의 대학시절에 외할머니께서는 3.1운동을 기억하고 계셨다. 일고여덟 살 무렵에 '3.1운동이 터졌는데, 그 때 빨갱이들이 데모를 하였다.'고 기억하고

아버지와 넷째 큰아버지의 사진, 소화 17년은 1942년이다.

계셨다. 사랑스런 외할머니께서 그렇게 말씀하시므로, '나는 그랬구나'하고 맞장구를 치기도 했다.

외할머니께서는 김대중도 빨갱이이고, 큰 이모는 심하게도 간첩이라고까지 말하기도 하셨다. 그래서 '성찬이는 절대로 그런 사람들 만나지도 말고 데모도 하지 말고', 강조 또 강조하셨다. 우습지만 사실이다. 반공주의에 오래 숙달된 외가친척들의 얘기이다.

지금 생각해보면 어른들이 재미있으시고 착하시다. 외할머님의 말씀에 농땡이인 나는 김대중선생이 망명에서 돌아오던

1985년 1월에, 추운 날씨에도 불구하고 김포공항으로 몇시간을 걸어서 간 적이 있다. 결론은 김대중선생은 빨갱이도 아니었고, 훗날 남북평화의 물꼬를 튼 6.15정상회담의 주역이었던 것이다. 그리고 노벨평화상까지 받으셨던 분이시다.

　부모님의 대구에서의 만남은 이렇다. 부모님께서 결혼하기 전이면, 1956년경 쯤일 것이다. 대구 신천에 물난리가 나서 버스가 홍수에 떠내려갔고, 많은 사람들이 익사를 하여 시체를 건져와야 했는데, 남들은 힘들어 하는 일인데, '너거 아버지가 트럭을 타고 가서 시체를 싣고 왔다.'고 말하셨다.

　또 어느 날에는 다리를 잘라야 하는 환자가 있었는데, 아버지가 톱으로 자르시더란다. 아버지가 착해 보이고 조용한 사람이지만, 그럴 때는 얼마나 용기가 있는지 멋있었다고도 말씀하셨다.

　다른 간호부들이 아버지랑 영화를 보러 가곤 했는데, 그때 얼마나 애가 닳던지, 그래서 어느 날 아버지 책상에 놓인 꽃병에 새로운 꽃을 꽂아 주었는데, 그러고 나서 어느 날 아버지가 자신에게 결혼을 하자고 하더라고, 자랑을 하신다. 유엔원조병원이 독일로 들어갈 때, 독일 직원들이 같이 가자고 해서 할머니께 얘기를 했다가, 독일 갔다가 양코뱅이랑 결혼하면 안된다고 하셔서 병원을 따라 들어가지 않았다고도 하셨다. 아버지가 비교우위에 있었다는 것을 말씀하시는 건지….

어머니께서 유엔원조병원에 일을 하게 된 것은 어머니 특유의 용기가 있었기 때문이다. 어머니는 여성이지만 맏딸이어서 당찬 데가 있으신 분이다. 한국전쟁이 한창이던 시절, 소가 누운 형상이라는 포항 남구 연일읍 우복리에 있는 외가의 기와집이 대단히 컸다고 한다. 그래서 외갓집이 야전병원으로 사용되었는데, 그 때 부상 입은 군인들을 치료하는 간호장교가 어머니 눈에 멋있어 보였다고 말씀하셨다.

　그래서 군대를 따라가기에는 어린 나이였고, 커서 간호장교가 되겠다고 마음을 먹었다고… 그래서 전쟁이 끝나고 직접 찾아간 곳이 유엔원조병원이었다. 찾아가서는 간호부가 되겠다는 결심을 피력하시고 간호부 일을 하게 해달라고 졸랐다고 한다. 아마도 큰외숙부께서 군대계통에 계셨기 때문에 씩씩하게 찾아가셨던 것 같다.

　평소 어머님의 성품으로 봐서는 충분히 가능한 일, 집안을 이끌어가는 진취적인 성품이었으므로… 훗날 누나는 어머니께서 간호대학을 가라고 말했을 때, 누나는 어머니께서 고생하신 것을 생각해서, 아동들을 가르치는 유아교육학과로 진학을 하기도 했다. 착하고 연약한 누나는 어머니와는 성품이 많이 달랐던 셈이다.

　포항의 농촌마을에서 대도시 대구의 병원에 근무하러 나가서 시집도 갔으니, 도시문화를 많이 보았을 것이다. 또 큰댁이 대구 시내, 대신동에 있었으므로 대도시로 나가 도전적으로 살았었다는 자신감 같은 것이 있었다고 생각된다.

이후 포항으로 다시 안 올 거라고 생각하시다가 유엔병원이 독일로 들어갔기에 우리 집안 형편으로 인해 큰아버지께서 교편생활을 하시고 계신 포항으로 다시 오게 되었다. 시간이 지나면 다시 대구로 돌아가야 한다고 생각하셨던 것 같다. 그래서 '우리는 대구에서 왔다.'고 자식들에게 누누이 강조하셨던 것이다.

포항에서 학교 선생님을 했던 큰아버지는 하얼빈에서 중학교를 나오셨다고 하는데, 확인할 길이 없다. 어머니는 동서인 셋째 큰어머니로부터 할아버지가 대구에서 만주로 떠날 때의 이야기를 들었던 모양이다. 1934년경 할아버지 이하 집안의 일부가 만주 길림성으로 떠날 때, 시집온 지 몇 달 안 된 둘째 큰어머님을 대구역에서 떠나보냈다고 한다.

딸을 시집보내고 또 곧바로 만주로 딸을 떠나보내는 사돈댁의 하소연에 대해 이야기를 듣고 있노라면 우리들 눈시울도 뜨겁다. 대구역에서 떠나보낸 이후로 자신들의 딸을 다시는 볼 수 없었던 둘째 큰어머님의 최씨 집안은 딸을 찾기 위해 중국개방 이후에 많은 수소문을 했다고 한다. 우리 집안은 1986년경에 되어서야 사촌형님으로부터 '산 건너 물 넘어 온 숙부님의 편지를 받고 온가족이 울었습니다.'라는 답장을 받아볼 수 있었다.

동학을 하였다는 할아버지가 1934년 대구역에서 길림성으로 떠날 때의 마음가짐은 어떠했을까? 막내인 나의 아버지는 너무 어려서 만주의 추운 날씨를 견디기 어렵다고 대구 큰아버지댁에 두고 떠나셨는데, 할아버지를 다시 만나셨다는 이야기를 들은 적이 없다.

2007년, 내가 길림성 왕청현의 둘째 큰아버지댁에 갔을 때는 만주에서 태어난 큰아버님의 아들, 사촌형님이 일흔 살이 넘어 있었다. 해방이 되면, 모두들 대구로 돌아와야 할 친척분들이었는데, 나라가 망하면 백성들이 유랑하게 된다는 '디아스포라'의 가족사를 알게 된다.

이런 얘기를 알고 있는 어머니께서는 곧 다시 큰댁이 있는 대구시내로 돌아갈 것이라고, 그래서 신혼 시집살이하던 대구에서 다시 살게 될 것이라는 '노스텔지아'를 마음속에 가지고 포항에서 사셨던 것 같다. 그리고 우리 자식들은 대구 중구 대신동 303번지를 본적으로 외우고 있다.

중국 길림성 왕청현 천교령진에 있는 할아버지 산소 앞에서

아버지

1985년 겨울 어느 날 캄캄한 밤, 서울 종로3가 골목의 비원쪽 끝자락, 정동 현대사옥 근처 민영환 충정공 동상이 있는 운니동의 종로직업소년학교에 누가 찾아오셨다.

"선생님!, 어른 한 분이 찾아오셨어요!" 라는 학생들의 말을 듣고, 나가보니 아버지께서 겨울 중절모를 쓰고 교무실 문 앞에 서 계셨다. 한 번도 생각해보지 않았고, 상상도 해볼 수 없는 장면이었다. 어떻게 아시고 찾아오셨을까? 외갓집을 나온 지 한 학기를 훨씬 넘었고, 방학이 되었는데도 연락이 없는 아들이 걱정되어 길을 물어물어 서울 한 모퉁이에 위치해 있는 야학에 찾아오신 것이다.

교통편이 불편한 시절에 포항에서 어떻게 내가 다니는 야학을 찾아오실 수 있었을까. 생각해보면 진짜 지금도 죄스럽다. 외가에서 집을 나가서는 야학 선생을 하고 있다는 소식은 아시니까, 대학의 학생처에 가셨을 것이고, 거기서 야학의 주소를 알아서 종로3가 골목 끝까지 찾아오신 모양이었다. 당시 아버

할아버지와 아버지

지의 연세가 지금의 내 나이이셨다. 세월이 그렇게도 빠르다.

다음날은 아버지께서 동인천역에 가자고 하셨다. 큰아버지께서 나를 찾으셨다고, 하실 말씀이 있다고 말하셨다. 오전에 자취방이 있는 개봉동에서 전철을 타고 동인천역에 도착하였다. 큰아버님과 아버님, 두 형제분이 내 앞날을 걱정 하고 계셨다. '외갓집에 다시 들어가고, 대학을 졸업해야 하며 좌익운동은 절대로 안된다.'고 말씀하셨다.

철없는 시절 한번은 누나를 때려 혼난 일 외에는 싫은 소리 한번 한 적이 없는 아버지셨다. 아버지께서 하시고 싶은 말씀을 당신이 직접 하시기 어려우니까 큰아버지의 말을 빌려 하시는 구나….

그때 했던 말은 '군부독재를 반대하는 것이지 좌익운동은 아닙니다.'라는 것이었다. 결국 둘째 아들이 문제였다. 그 이후로도 문제였지만, 아들 두 형제가 다른 길을 가고 있었으므로, 내가 감옥을 갈 때에는 아버지는 돌아가신 뒤여서 다행이라고 생각했다.

형과 누나가 대학교, 고등학교를 다니고 있을 때에 중학교에 입학하게 된 나는 입학금을 구하기도 어려울 정도로 가세는 기울어져 있었다. 겨우 입학금 13,600원을 만들어 당시 포항의 청룡회관 앞 농협에 입금을 하러 갔던 기억이 있다. 그러다가 중학교 2학년 때, 공부가 특출나지 않았던 내게 아버지께서 형편이 어려우니 기술을 배우고 학교를 그만 다니라는 것이었다.

5일 동안 결석을 했다. 친구들은 학교에 가는데 집에 혼자 있는 나는 우울했다. 지금도 생각하면 그렇지만 내가 살아오면서 가장 용기 있게 한 말은 아버지께 '돈을 제가 벌어서 학교에 다니면 되잖아요!.'라는 말이라고 생각한다. 아버지는 무서운 존재였는데, 감히 그렇게 말을 하다니, 말은 이미 입 밖으로 나왔고 나는 내 말에 책임을 져야했다. 친구들이랑 새벽에 신문배달을 다니게 되었다. 종철이, 래봉이, 성일이형 등 새벽마다, 우리집 앞에서 성찬아~ 라고 부르는 소리를 들을 수 있었다. 아버지의 일터에 갔다가 나를 지켜보던 눈이 서럽던 기억이 있다.

어머니 말씀으로는 결혼할 당시에 지프차를 타고 오시는 군장교들이 많으셨다고 한다. 해방 이후 국방경비대를 만들 때, 아버지께서도 1기생으로 참가하셨다가, 수류탄 사고로 군문을 나올 수밖에 없었다고 한다. 그 와중에 대구 6연대 반란 사건이 일어나, 친구들 반은 국군에 또 친구들 반은 팔공산으로 갔다는 얘기를 얼핏 하시기도 하셨다.

해방 전에는 대구의 명문 경북중학교를 다니셨고, 징용에 끌려 나가 부평 조병창에서 노동을 하기도 하셨다고 말씀하신 적이 있다. 내가 한국환경공단에 근무할 2020년 가을에 부평의 '캠프 마켓'의 환경복원 공사현장에 현장시찰을 나간 적이 있었다.

유류에 의한 오염 토양정화를 마치고 국방부에서 인천시로 이관되기 전이라, 현장을 방문할 수 있었는데, 한국환경공단 직원으로부터 캠프 마켓이 부평 조병창이었다는 말을 듣고, 직접 가보았던 것이다. 아버지께서 중학생 어린 나이에 일본군에 끌려와 노동을 했던 곳이었기에, 감회가 남달랐다. 가보니 창고가 남아 있었고, 그 창고가 조병창의 일부분이라고 환경공단 직원이 말해주었다.

요즘은 은퇴 이후에 지나간 이야기들을 기록으로 남기려는 계획을 가지고 있는데, 아버지께서 생존해 계실 때, 아버지께서 겪으셨던 일들에 대해 많이 들어 놓을 걸 하는 후회를 하게 된다.

1985년 11월, 필자의 생일날에

아버지는 4살 때 할머니께서 돌아가시고 7살 때에 할아버지께서 만주로 가셨기 때문에 대구의 큰 어머님 밑에서 자라셨다. 셋째 큰어머님께서 살아계실 때에, 당신이 시집을 올 때가 17살이었는데, 아버지가 막내여서 목욕을 시켜줄 때가 7살이었다고 말씀하셨다.

우리 집안은 대구 중구 대신동 출신으로, 아버지께서 대구에서 어머니를 만나 결혼하셨다. 포항으로 이사를 오게 된 배경은 어머님 고향이 포항이고, 포항에 외가친척들이 많았으며, 넷째 큰아버님께서 포항에서 교편을 잡고 있었기 때문이다.

또 포항 연일읍 우복리의 외육촌 형님들 중, 동덕이 형님은 큰아버님인 유길선생에게서 배웠다고 말하신다. 동덕이 형님은 외육촌 형님이지만 여든에 가까운 연세이시다. 그리고 유길선생의 처갓집, 우리 큰어머님의 친정은 1960년대 이후로 포항 송도에서 고아원을 운영하던 집이었다. 2005년경 내 아들이 포항시립유치원에 다닐 때, 유치원 마당에서 큰어머님의 오빠를 뵌 적이 있는데, 제가 누구의 아들이고, 아이가 손자라고 말씀 드리니까, 옛날에 '너희 아버지가 중학교 다닐 때가 생각이 난다.'고 말하셨다. '10월 대구폭동과 나'라는 책을 기록으로 남기신 그 어른도 세상에 안 계신다.

공부를 조금 잘한다는 이유로 고등학교를 학비면제로 다녀, 1983년 무사히 졸업하고, 성균관대에 합격을 했었는데, 합격증 뒤에 재수하여 육사를 가든지 아니면 4년 장학생으로 대학을 가겠다고 아버지께 당당히 편지를 썼던 기억이 있다. 대학입학금을 내러 서울로 가는 친구들과 헤어져 혼자 집으로 돌아올 때는 아버지에 대한 원망 때문인지 눈물이 쏟아졌다. 가끔씩 이때를 떠올리면 아버지 앞에서 울던 내가 한없이 밉다. 아버지 마음이 어땠을지 모르는, 어리석은 아들이었던 것이다.

아버지와 내가 함께한 시간 중에 아련한 추억으로, 좋은 기억으로 남아 있는 것이 있다. 일요일 밤 TV로 명화극장을 함께 보

앉던 순간이다. 그 유명한 '자전거 도둑'이라는 영화. 아버지와
아들이 겪는 이야기, 하루 종일 길을 헤매며 자전거를 찾다찾
다, 마지막에는 자전거 도둑이 되어 아들에게 못난 아버지로 전
락하는 스토리가 너무 슬프다. 결국 노을 지는 저녁, 자전거를
못 찾고 집으로 돌아가는 쓸쓸한 부자(父子)의 모습, 이후로도
이 영화는 아버지를 생각하면서 몇 번 더 보게 되었다.

1985년 겨울, 야학에서 교사, 학생들과 함께

그날이 오면

이 짧은 이야기는 포항지역에서 노동조합운동 언저리에 몸담았던 자신의 이야기면서 동시에 청년노동자 동지들에 대한 이야기입니다. 포항민주청년회 내에는 노동청년모임이 있었습니다. 포항은 주민의 대다수가 노동현장을 통하여 생계와 일상을 꾸려가고 있기에, 민주적인 노동조합과 개혁적인 노동운동이 필요하다는 뜻에서 만든 모임입니다. 그러니까 포항민주청년회 노동청년모임 역시 포항지역 노동조합운동에 작게나마 보탬이 되고자 만든 조직이었습니다.

포항민주청년회는 1991년, 새날을 여는 포항청년회라는 이름으로 시작할 때부터 포항지역노동조합운동에 조금이라도 보탬이 되고자 부단히 노력하였습니다. 그 성과로 나타난 것이 노동청년 대중사업입니다.

당시는 한국민주청년단체협의회 의장을 지낸 이범영의장님이 쓴, 청년운동의 교과서라 할 수 있었던 '90년대 청년운동론'을 지침으로 삼아, 전국적으로 진보적 청년단체들이 민주화운동과 더불어 노동청년운동을 지향하던 시기였습니다.

사회운동만이 포항민주청년회의 활동은 아니었습니다. 일상과 문화도 중요한 관심사였습니다. 노래반 울림터가 있어서 포항지역 진보적 노래운동에 참여하면서, 공식적인 집회와 행사는 물론이고 평화와 통일, 민중들의 삶 속에 노래가 필요한 곳이라면 청년회를 대표해서 노래를 불러주었습니다. 제 결혼식 축가도 이 분들이 불러주었는데, 노래 제목이 '애국의 맹세'였습니다.

포항민주청년회는 맏뫼골 놀이마당 한터울, 풍산금속해고자협의회, 기독교청년운동단체인 EYC, 전교조 포항지회, 노동자의 집과 힘을 합쳐 포항지역민주단체협의회를 만들었고, 민주주의민족통일대구경북연합(대경연합)의 포항지역 소속단체였습니다. 그때가 1992년경이었습니다.

그리고 포항민주청년회는 대구경북지역민주청년단체협의회(대경청협) 소속이기도 하였는데, 대구새로운청년회, 경주민주청년회, 경산민주청년회, 안동사랑청년회, 예천민사랑청년회, 상주삼백사랑청년회, 영주민주청년회, 점촌터사랑청년회와 연합하여 만든 청년조직체가 대구경북민주청년단체협의회였습니다. 대경청협 또한 대경연합의 주요 소속단체였습니다.

제가 대경청대협의 정책위원장을 거쳐 대경청협의 초대의장을 맡을 시기에 포항민주청년회의 노동청년모임 대표였던 김상식 동지를 1994년 포항민주청년회 회장으로 추천하였는데, 추천 사유는 노동청년 출신이라는 점 때문이었습니다. 포항지역은 노동집약적인 생산도시이고 노동청년들을 대표할 만한 사람이 포항민주청년회의 회장을 맡아야 노동현장의 애로점과 노동조합운동의 활성화를 추진할 수 있다는 의미가 있었기 때문입니다.

그리고 세월이 지나고 포민청사건으로 구속되었다가 출소한 김상식 동지는 다시 공장에 취직을 하여 생계를 꾸려가고 있었고, 결혼하여 부인과 아이들이 있었습니다. 그러다가 공장에서 산재사고를 당해 사망한 사건이 발생하게 되었습니다.

현장검증에 제가 참석하였는데, 강철롤러에 몸이 끼어 현장에서 즉사하여 돌아가셨던 것입니다. 다시 돌이켜 생각해보아도 유족인 부인에게 어떤 위로의 말도 할 수 없었습니다. 그 동지의 부인도 포항민주청년회의 회원이었고, 시사토론반 소속이었지만 노래반 울림터에 함께 참여하기도 하였습니다. 그렇게 우리들이 기타 반주로 합창으로 자주 부르던 노래가 '그날이 오면'이었습니다.

그리고 김상식동지 부인의 아랫동서가 제 막내 여동생이기도 합니다. 우리는 청년회에서 만나 사랑을 일구었고, 그렇게 민주화운동의 한 세대가 지나갔습니다. 포항에서 과거 민주화운동을 했다고 추억하는 사람들을 만날 때면 저도 소중했던 우리들의 청년시기, 소중했던 사람들, 소중했던 동지들이 가슴에 사무치고 눈시울이 뜨거워집니다.

포항민주청년회의 노래반 울림터 대표였던 여성청년이 잘 불렀던 '그날이 오면'이라는 노래는 지금은 유튜브에서 검색을 하면 쉽게 들을 수 있습니다. 30여 년 전 그 때, 대표가 직접 기타를 치면서 부르면, 모두들 따라 부르고, 숙연해지고 그랬습니다. 그날이 오면, 뭔가 세상은 바뀔 것이라고, 지금보다는 더 잘살 수 있을 것이고, 힘없고 가난한 이들도 즐겁게 살 것이라는

산재사고로 세상을 등진 김상식 동지, 안강 옥산서원 수련회에서

의미로 '그날이 오면'을 회원 전체가 합창을 하던 기억이 떠오릅니다.

한 밤의 꿈은 아니리, 오랜 고통 다한 후에
내 형제 빛나는 두 눈에 뜨거운 눈물들
한 줄기 강물로 흘러, 오랜 땀방울 함께 흘러
드넓은 평화의 바다에 정의의 물결 넘치는 꿈
그날이 오면~
그날이 오면~
내 형제 그리운 얼굴들, 그 아픈 추억도
아~ 짧았던 내 젊음도, 헛된 꿈이 아니었으리
그날이 오면~
그날이 오면~
내 형제 그리운 얼굴들, 그 아픈 추억도
아~ 피맺힌 그 기다림도, 헛된 꿈이 아니었으리
그날이 오면~
그날이 오면~

서울야곡

필자가 차를 운전하고 다른 지역으로 이동할 때 듣는 노래가 두 곡 있다. 모두 서울과 관계되는 노래인데, '59년 왕십리'와 '서울야곡'이 그것이다. 사람이 노래를 부르고 흥얼거릴 때에는 그 노래의 의미가 자신의 처지와 비슷한 경우가 많다. 또 그 노래를 음미하고, 마음을 잔잔하게 내려앉게 하여 운전을 거칠지 하지 않게 위함이기도 하다.

'서울야곡'은 유호 작사, 현동주 작곡으로 발표시점이 1949년인지 1950년인지 불명확한데 현인이 불러 히트한 대중가요이다. 1949년이라면 6.25 한국전쟁 전인데 특이하게도 탱고 리듬의 노래이다. 1950년에 탱고 리듬이라… 탱고 리듬은 라틴 아메리카 풍일 것인데 시대가 앞선다.

해방 후 서울의 명동의 밤풍경, 네온, 쇼윈도, 레인코트, 배가본드 등 도시의 서정을 보여준다. 작곡자 현동주는 가수 현인의 본명이며, 일제시대에 일본과 상해에서 음악활동을 하였고, 중국에서 지낼 때 고향과 명동에서 놀던 것이 생각이 나 작곡을

하였다고 한다. 1950년대에 가장 인기가 많았던 가수 현인의
역량을 알 수 있는 노래가 '서울야곡'이다. 1970년대 후반에 가
수 진영이 리메이크한 '서울야곡'의 음색이 일품이기도 하다.

봄비를 맞으면서 충무로 걸어갈 때
쇼윈도 그라스에 눈물이 흘렀다
이슬처럼 꺼진 꿈속에는
잊지 못할 그대 눈동자
샛별같이 십자성같이 가슴에 어린다

보신각 골목길을 돌아서 나올 때에
찢어버린 편지에는 한숨이 흘렀다
마로니에 잎이 나부끼는
네 거리에 버린 담배는
내 맘 같이 그대 맘 같이 꺼지지 않더라

네온도 꺼져가는 명동의 밤거리에
어느 님이 버리셨나 흩어진 꽃다발
레인코트 깃을 올리며
오늘 밤도 울어야 하나
바가본드 맘이 아픈 서울 엘레지

내가 다니고 있던 야학이 종로3가 골목길 끝에 있었는데, 야학에서 종로3가로 나오면 청계천거리로 가는 도중에 국일관이라는 나이트클럽이 있었다. 그 거리에 화려한 네온사인과 술로 이루어지는 밤문화가 있었지만 나와는 전혀 다른 세계였다. 술로 이루어진 관계는 별로 좋아하지도 않았고, 술을 마실 형편도 아니었다. 우리 야학 앞에 세워둔 포장마차 할머니가 그 국일관 앞에서 장사를 했었다. 그 포장마차를 매일 밀어주던 것이 우리 일과의 시작이었다. 다들 어려운 사람들을 도와주고자 솔선수범하려는 인성 착한 청년들이었다.

1984년, 1985년 당시의 서울의 중심지, 종로거리를 왕래하면서 잠을 청할 곳이 없어서 동가식서가숙하던 생활이 눈이 어른거린다. 밤늦게 찾아갔는데 친구가 집에 없어 난감했던 기억이 있다. 마침 주인이 없는 한양대 교문 앞 복사가게의 셔터를 올리고 잠을 잤는데, 아침에 주인이 와서 나를 쳐다보던 상황, 부끄러워 뛰어 나갔던 기억. 결국에는 야학 교무실에 종이박스를 깔고 자게 되었다. 어쩌다 갈탄 난로에 손목을 데어서 흉터가 생길 정도로 힘들었지만, 뭔가 의미 있게 살아가고자 꿈을 꾸던 시절이었다.

외가가 있는 서울에 대학을 다니러 왔다가, 노동하는 학생들과 어울려 지내는 것, 야학생활이 좋아서 그냥 이렇게 살아가는 것도 참되게 살 수 있겠다고 결심을 하고 대학을 포기하는 길을

1993년 12월 포항민주청년회 총회에서

개혁당, 고양시 덕양갑 보궐선거 승리, 2003년

택하게 되었다. 부모님께는 한없이 죄송했다. 지금 생각하면 어리석은 일이지만, 힘 있는 외가로 돌아가지 않고 혼자서 견디는 것을 무슨 사명감처럼 생각하고 종로3가의 종로구보건소, 종로경찰서 청소년계, 종로구 선도위원회, 종로5가 기독교회관, 청계천 책방, 을지로 방산시장 등의 서울거리를 쏘다니던 기억이 있다.

떠나온 포항의 가족이 걱정되었지만, 젊은 나는 이상을 추구한다는 명분으로 끝없이 미로 같은 길을 찾아가고 있었다. 그때 형이 보고 싶었다. 형의 고시공부에 불편함을 주지 않아야 한다는 생각이 있었고 형이라도 잘되기를 바랬다. 형이 집안의 기둥이라고 생각했기 때문이었다.

그 무렵에 청평 근처의 고시원으로 형을 찾아간 적이 있다. 어찌 연락이 되어서 찾아갔는데, 형이 작은 배를 저어서 나를 데리러 강을 건너왔다. 멀리서 동생을 만나러 오던 형의 모습이 선하다. 나는 형이라도 빨리 고시에 붙어 집안을 챙길 수 있었으면 바랬다. 여기서 나는 내가 이기적인 존재라고 생각한다. 처음 상경할 때처럼, 착실히 공부해서 공과대학을 빨리 졸업하고 직장을 가져 가족들을 챙겨야 한다고 생각하기도 했는데, 무슨 대단한 애국자라고 집안의 어른들이 바라지 않는 길로만 가고 있었기 때문이다. 사회적인 문제에 관심을 갖고 공부하고 실천하는 것은 옳은 일이나, 세상 걱정을 자기가 다하고 있는 젊은 열정이 다 좋은 것은 아닌 것이다.

한국환경공단 상임감사에 재직할 때에, 환경공단의 직원이었다가 사법고시를 준비해서 변호사가 된 사람이 찾아왔는데, 내가 진짜 훌륭하다고 칭찬을 하니까, 그 변호사는 상임감사 자리가 더 좋다고 말하였다. 그 때 내가 했던 말은 다시 살라고 한다면 절대로 이렇게 안 산다. 부모님께 효도를 하는 선택을 하고 공고를 마치든 대학을 마치든 착실히 가족들을 봉양하는 길을 갈 거라는 말을 한 적이 있다. 지금도 그 생각에는 변함이 없다. 그래서 생각해봐도 나는 이기적인 삶이었던 것 같다. 자기가 하고 싶은 일만 한 사람… 가족에 대한 연민을 뿌리치는 것이 용기라고 생각했었으므로….

세월이 흘러 홍제동 공안분실에서 조사를 받을 때, 변호사가 찾아왔다. 우리가 가난하였기에 국선변호인이 왔다. 가족관계를 묻다가 친형이 안전기획부에 근무한다고 말하자 바로 가방을 싸서 방을 나가 버렸다. 변호사의 조력이 필요할 때인데, 형의 직업으로 인해 나를 변호하는 일이 꼬이게 된 것이다.

그 얼마 뒤 박원순 변호사가 찾아왔다. 그 때 했던 내 말은 '내가 국가보안법 위반이라고 하면 받아들이겠는데, 간첩으로 몰고 있는 것은 동의를 못한다.'고 말했던 것으로 기억한다. 박원순 변호사는 용기가 있는 분이었다.

조사를 받는 과정에서 조사관들이 형과의 기억을 얘기하라고 했다. 친형이 맞는지 알고 싶어했던 것 같았다. 그래서 형이 중학교 3학년, 내가 초등학교 3학년 때 일인데, 형이 학교에서 구조수영을 배웠는지, 나를 옆으로 끼고 바다 깊은 곳으로 데려가던 기억이 난다고 했다.

그 때 나는 바닷물을 먹긴 했지만 형이 옆에 있어 든든했고, 마음속으로 고마운 마음이 생겼다. 그 때까지는 내가 형의 말을 잘 들었던 갔다. 형이 고등학생이 되고 난 뒤에는 내가 초등학생이라, 거의 대화가 있을 수가 없었다. 동네에서 또래들이랑 싸우게 되면 형이 동네에서 나이가 많은 축에 들어갔으므로 형한데 이른다고 말했지만, 우리 형은 결코 나를 나무라지, 내 편을 들어줄 형이 아니었다. 내 기억 속에서 형은 대단히 공정한 사람으로 남아있다. 대부분은 내가 동네 형들한데 대들면서 생긴 싸움이었기에, 형은 성찬이를 군대에 보내지 말라고 어머니께 말씀드릴 정도였다.

다시 세월이 흘러 내가 형기를 마치고 김대중정부가 들어선 이후에 사면복권이 이루어졌다. 공민권을 회복한 것이다. 아마 경상북도 의성출신인 처갓집 친척들은 둘째 사위 때문에 김대중후보를 다 찍었을 것이다. 복권되기 전까지는 경찰서 보안과 직원들이 집에 한 번씩 전화해서 어머니를 걱정시켰으므로 경찰서 앞 다방에서 그 형사랑 대판 싸운 적이 있다. 어머니께서 놀래니까 다시 전화하지 말라고, 복권된 이후에는 그 형사와는 관계가 좋아졌다. 민주화의 결과였다.

이후 나는 6.15정상회담 1주년 기념으로 2001년 6월 남측청년들의 대표단에 소속되어 평양을 방문한 적도 있었다. 그 대표단에는 현재 민주당의 내로라하는 하는 국회의원들도 많이 참석했다. 물론 청년대표들이기도 했다. 시절이 남북평화의 길로 접어든 것이다. 나 같은 사람, 민족민주화운동영역에서 활동을 하던 청년들이 얼마나 기다리던 시대였던가. 그때 나는 평양의 고려호텔 엘리베이터 앞, 많은 사람들 속에서 아주 잠깐 나의 친형과 얘기를 나누었다. "잘지내나?" "응." 서로 한마디씩….

청와대 통일정책비서관과 함께

유연한 대중적 진보정당을 위한 변명

　현재 나는 더불어민주당 당원이다. 포항에서 민주당원으로 있는 사람이라면, 아니 조금이라도 나를 아는 사람이면 민주당원이 아니라 말 많던 통합진보당, 진보정의당원이었다고 말할 수 있을 것이다. 그렇게 회자되는 이유는 통합진보당을 만들 당시에 국민참여당의 최고위원으로서 정치적 판단을 잘못한 내 과오이다. 서민들을 위하고 국민들의 삶과 하나 된 정치활동을 하고자 하였으나, 어찌되었든 결과적으로 이전보다 국민들로부터 사랑받지 못하는 정당을 만들고 말았던 것이다. 그 과오에 대한 자책으로 정치현장에서 떠났다. 그리고 생활정치 언저리에 남게 되었다.

　통합진보당 사태가 일어났을 당시에 정권의 탄압으로 그 정당이 무너졌다고 평가할 수도 있으나, 그것은 운동의 원리를 이해하지 못하는 수준의 얘기이다. 정치활동을 하는 주체는 그 활동에 참여하는 사람이 하는 것이다. 그렇기에 맨 처음 평가받는 객관적인 사물은 그 사람에 대한 평가이다. 여기서 더 나아가

유성찬 최고위원 기자간

2011.5 .19 13시 30분   포항시청 브리핑룸

국민참여당 최고위원 자격으로 기자간담회

정치정세와 상황파악을 제대로, 지혜롭게 하지 못했다는 평가를 두려워하는 것이야 말로 비겁한 것이고, 용기 없는 일이다.

나는 통합진보당 창당에 나름 주도적으로 참여하면서, 제3정당, 조봉암선생이 만들고자 했던 진보당, 집권 가능한 대중적 진보정당의 마지막 기회라고 생각하고 있었다. 어떤 어려움이 있다 하더라도 역사와 국민의 삶을 위해 만들어보자고, 유시민 당대표의 뜻을 받아 성공시키고자 했었다.

상황판단에 대한 잘못으로, 즉 국민참여당이 민주노동당과 합당하여 통합진보당을 만드는 것이 가능하다고 판단하였던 것 자체가 시대착오적이었든지, 국민을 중심에 놓지 못한 정치적 판단이었든지, 통칭 통합진보당 사태는 합당을 추진하는 당내 주체들의 정치행태에 대한 큰 문제점을 도외시했기에 일어난 정치파행이라고 믿는다. 어찌 되었던 통합진보당과 그 당을 이은 진보정의당의 명칭은 사라져 현재는 존재하지 않는다.

내가 정당생활을 하게 된 경위는 유시민작가와 함께 추진했던 개혁국민정당에서부터이다. 당시 민주당의 노무현 대통령후보가 민주당내에서 무시당하고 위기에 처해 있을 때, 유시민작가가 '노무현 구하기 운동'을 개혁국민정당 창당으로 전개하였고, 필자도 경북에서 창당을 추진하는 대표적인 사람으로 활동했었다.

그렇게 정당활동을 시작하게 되었다. 개혁당 창당 직전까지는 소극적으로 민주노동당원으로 있었다. 그것은 활동이라기보다는 후원당원에 가까웠다. 또 포항KYC 라는 단체의 공동대표직을 수행하고 있었기 때문에 지역에서는 정당원이라기보다는 시민운동가로 자리매김 되어 있었다. 국민승리21을 이어받은 민주노동당이라는 정당은 정치인이 참여하는 정당활동이라기보다는 운동가가 정치운동을 하는 것으로 받아들이는 풍토였기에 그랬었다.

국민참여당은 노무현대통령 서거 이후에 대통합민주신당을 넘어서는 정당문화를 선도하고자 만들었으나, 김해보궐선거와 경기도지사선거에 패하였고 패배의 구조적인 문제가 없었는지를 고민하게 되면서, 민주노동당과 힘을 합쳐 새로운 정치지형을 만들고 조봉암선생의 진보당처럼 집권 가능한 진보정당을 창당하고자 결의하기에 이르렀다. 그러나 실패하고 말았다.

당시 민주노동당의 이정희대표는 '유연한 진보'를 외치고 있었고, 국민참여당도 약간의 좌클릭을 하더라도 이정희대표의 '유연한 대중적 진보정당'에 호응하게 되었다. 그때 그 방법이 아니었으면 국민참여당은 '혁신과 통합'이라는 민주당의 새로운 정치활동 속으로 들어가는 수밖에 없었을 것이다. 그리고 또 일부는 '혁신과 통합'이라는 모토로 민주당에 자리를 잡았고, 필자는 노무현의 사람이기에 문재인대통령선거운동에 참여하면서, 개혁당, 열린우리당, 민주당, 대통합신당을 거치면서 민주당을 탈당하였다가 결국에는 민주당으로 복귀하게 된 것이다.

그래서 유시민대표와 더불어 진보정당 관계자들로부터 비판을 넘어 욕을 얻어먹는 수준에 이르게 되었다. 그렇지만 유연한 진보의 전략을 내세우고 있었던 진보인사들의 판단을 어디까지 이해를 해야 하는지 여전히 궁금하다. 서로가 합당을 위해 필요한 존재들이었는데, 국민들을 중심에 놓고 정치활동을 하고자 했는지 되물어볼 수밖에 없다. 그렇게 통합진보당 사태는 터졌고, 결론적으로는 유연한 대중적 진보정당은 실패했다. 나는 그

국회에서 유원일, 홍희덕 의원과 함께

유시민대표님과 함께 현대제철공장견학, 2010년

실패가 우리 생애의 마지막 도전이었다고 생각한다. 다시는 그런 정치지형이 만들어지지 않을 것이고, 그러한 도전이 시도되지도 않을 것이라고 판단하고 있다.

짧은 소견으로 그 원인은 단적으로 스마트폰으로 대표되는 소통체계, MZ세대로 표현되는 세대문화, 탄소중립과 기후위기로 나타나는 산업 및 경제활동 등, 사회문화적으로 다른 어떤 시대와도 달라진, 질적으로 완전히 변화된 세계에 인간이 들어와 있기 때문에, 이전 시대의 진보정치를 파악하는 전통적인 방식과 사고로는 도저히 이해가 되지 않게 되었다는 것이다.

그리고 역설적으로 새로운 세계, 새로운 사유체계에 적합한 정당문화를 창출할 수 있겠다고 생각해보지만, 현재의 진보정당으로는 복잡하고 혼란스럽기까지 한 정치영역을 대변하고 책임질 수 있을까 하는 고민을 하게 된다. 다시 돌아온 민주당을 생각해보면 민주당도 변화·발전한다는 것이다. 그것은 민주당원과 국민들이 선택한 대통령후보를 중심으로 생각하면, 민주당도 변화를 추진한다는 것이고, 그 변화에 국민들 과반수 가까이 호응하고 있다는 것이다. 민주당은 당장의 서민들과 노동자들의 어려운 경제생활에 대해서도 해결의 방도를 찾고 있기에, 기본소득을 통한 사회적 안전망 구축과 실용주의적인 접근 방식을 통해 국민들로부터 인정을 받고 승리를 하게 될 것이라고 예측한다.

정치라는 영역은 나라에서 생산되는 재화를 분배하고, 관리하고 확대해가는 중요한 제도적 도구이다. 국민 한 사람 한 사람의 의견을 모두 모으는 정치현장이 선거와 투표라면 그 선거의 결과에 따라 재화의 분배, 관리, 확대의 방법론이 변화됨을 의미하는 것이다. 그러나 사람은 쉽게, 급한 기울기로 잘 바뀌지는 않는다. 급한 기울기로 바뀔 때는 정치적, 시대적 상황이 혁명적일 때 일 것이다.

많은 젊은 청년들이 그 급한 기울기에 매료되어 변화를 추구하기도 하지만, 돌이켜 보면 이 세상의 모든 혁명은 쿠데타적인 요소가 있다. 그 이유는 모든 국민을 결집시켜 일어난 혁명이 아니라 소수의 엘리트들이 모든 국민의 뜻을 대변한다는 명분으로 일으킨 급격한 변화가 혁명이 아니겠나 생각해보기 때문이다.

'우리는 산을 옮기려 했다.'라는 책이 있는데, '혁명보다 더 어려운 것이 개혁이다.'라는 표지 글이 보인다. 인간은 생태적으로 원래 보수적이다. 아니 세상만물이 다 그럴 것이다. 종(種)을 유지하고 퍼뜨리는 일은 먼저 자신의 보존이 우선이기 때문이고, 자기 종의 단절을 원하는 생물은 생물계에 존재하지 않기 때문이다. 그래서 종의 발전을 소망하든, 정치적 변화를 추구하든 개혁과 혁신이라는 화두가 시대적 상황마다 중요하게 등장하는 것이다.

그리고 개혁과 혁신을 추진하더라도 세상은 쉽게 변하지 않는다. 변하기는 하더라도 이전 시대의 상황을 기반으로 일어선다는 사실이다. 변증법적 논리를 알게 되면 금방 이해가 되기도 한다. 어떤 사물이 생겨날 때에 쉽게 완전히 새롭게 탄생하지는 않는다는 것이다. 어떤 사물이 그 이전의 모순적 상황을 딛고 일어서기에 이전의 존재적 가치를 쉽게 깡그리 무너뜨리고 세워지지는 않는다는 것이다. 그래서 인간은 기본적으로 보수적인 존재이다. 변화를 추구하지만 변화를 두려워하고 있는 존재도 인간이라고 생각한다.

한국의 정치문화를 완전히 새롭게는 아니지만 국민의 많은 뜻을 대변해보고자 국민참여당, 민주노동당, 통합연대 등이 모여 통합진보당을 창당하였으나 내분과 또 그 차이를 극복 못하고, 외부적인 정치적 탄압으로 실패하고 말았다. 그래서 필자도 살아온 날들을 돌이켜보며 청년학생시절부터 한국사회의 정치적 변화를 추구하고 헌신하려고 했던 한 사람으로서 책임감을 느끼고 있다, 필자는 시장경제를 기반으로 하는 공동체주의자이다. 사회과학적인 용어가 따로 있겠으나, 과거 곤욕을 치렀던 경험으로 표현을 부드럽게 하고, 내가 가고자 하는 길을 갈 뿐이다. 더불어민주당이 나의 정당이 되었다.

대학시절

우리는 모든 것을 버릴 수 있다고 믿었다. 1984년이 저무는 겨울 날 신림동 반지하방에서, 전날 밤 먹고 남은 '켄터키 치킨'의 뼈로 국을 끓여 먹으면서도 우리는 혈기왕성한 젊은 나이였기에 희망을 잃지 않았다. 언젠가는 전두환 군사독재정권이 무너지고 이 세상에서 고통받고 억압받는 사람들이 편히 살아갈 수 있는 세상을 만들기 위해 모든 것을 버릴 각오를 하고 있었다. 교정에서 죽어간 학우들을 생각하면 더욱 그랬다. 대학을 다니는 것은 사치이기도 했다.

1984년 4월, 애국지사 충정공 민영환 동상이 서 있는 비원 근처 '종로직업소년학교'라는 야학에 갔다. 대학에 들어가자마자 '운화회(雲火會)'라는 써클에 들어갔는데, 이 서클은 근로 학생들을 가르치는 야학을 운영하였고 여름방학이면 농촌활동을 가는 동아리였다.

내 인생은 1984년 4월에 운명지어진 셈이다. 그 이후에 남들이 말하는 '착실히 공부하여 부모님에게 효도'하기 위해 몇 번이나 야학운동을 포기하고 학업을 열심히 하려했으나 결국 그렇게 하지 못했던 것이다. 초등학교를 갓 마치고 온 아이들의 눈망울, 너무 피곤해서 꾸벅 꾸벅 조는 아이, 피를 토하고 쓰러지는 청계피복 여성노동자, 한글조차 몰라 검정고시 시험 치는 날 엉엉 울어 버린 나보다 두 살 많은 누나 학생, 그 많은 기대와 책임을 져버릴 수 없었다.

문제가 없는 아이들이 없었던 것은 아니지만 우리는 너무나 즐거웠다. 서오릉으로 소풍을 가기도 하고, 역사책을 우리가 직접 만들어서 가르쳤을 뿐만 아니라 국어시간에는 4.19에 관한 시를 가르쳤다. 그리고 5.18 광주학살에 대해서도 속삭이면서 가르쳤다. 온몸에 최루탄이 묻어 온 날이면 아이들이 놀려대기도 하고, 어린 아이들은 냄새 난다고 교실에서 나가라고도 했다.

1985년에는 야학의 책임을 맡게 되었다. 야학의 교장은 서울 신설동에 있는 고려학원 원장이 맡고 있었고 교감은 운화회 회장이었기 때문에 실질적으로 야학을 책임지고 운영하는 사람은 교무주임을 맡고 있던 나였다.

한편으로는 너무 고통스러웠다. 배우는 아이들도 공부를 열심히 한다고 해서 천재가 아닌 다음에야 공부로써 출세를 한다는 보장도 없었다. 설령 천재였다 할지라도 어린 나이에 힘에

1984년 겨울, 야학에서

부치는 노동을 한 아이가 공부를 하면 얼마나 할 것인가. 우리 야학교사들도 '파울로 프레이리'의 영향을 받아 민중야학을 지향하고 있었고 민중야학에 대해 공부하면 할수록 인생은 우리 자신의 출세와는 거리가 멀어져 갔다.

　마음 여린 대학생을 생각해 보자. 대학생활 2년 내내, 방학동안 고향집에 있었던 날을 합쳐서 열흘을 넘기지 않은 짧은 시간이었지만, 방학이라 포항에 내려 왔다가 서울로 떠나면서, 송도 초등학교 담장 골목 사이를 걷다 뒤돌아보면 '서울로 공부 열심히 하러' 가는 아들을 줄곧 지켜보고 서 있는 어머니가 보였다. 눈시울이 뜨거웠다.

아이들 중에 공부를 열심히 하는 남자아이 하나를 무척 좋아했다. 고향이 경북 의성인데 같은 경북출신이기도 하고, 공부를 잘해서 '저 애가 잘 되었으면'하는 마음도 생겼다. 지금도 그 아이가 보고 싶다.

우리는 야학끼리 교류도 하였다. 고려대 로터리 근처에 있는 '안암야학'과는 친했는데 체육대회를 같이 할 정도였다. 전라도에서 6학년을 마치고 서울로 올라 온 어린 남자 아이는 야학의 골방에서 잠을 자며 지냈다. 가족이 아무도 없다고 했다. 하루는 우리 야학의 연극제를 보러 온 안암야학의 덩치 큰 학생을 부둥켜안고 꺼이꺼이 울고 있었다 친형이라는 것이다. 안암야학에 갈 때면 보던 학생이었는데 안타깝지만 이름이 떠오르지 않는다. 성씨가 양씨인 두 형제는 끌어안고 울고 있었다.

1985년 겨울에는 나도 갈 때가 없어서 야학에서 거취를 했다. 갈탄난로 옆에 누워 자다가 손목에 화상을 입은 적도 있었다. 그리고 눈 오는 밤이면 소주를 마시면서 앞으로 어떻게 살아갈 것인가를 끝없이 고민해야만 했다. 미팅이나 연애는 나와는 아무런 상관없는 일이었다. 근로학생들처럼 살아야 나는 그 아이들에게 떳떳할 수 있다고 생각했다. 아니라면 '우리는 더불어 살아간다는 것과 우리는 한 배를 타고 항해하고 있다.'고 내가 아이들에게 했던 말들이 거짓말이 될 것이기 때문이었다.

마침내 새벽부터 선배와 '서양경제사론', '경제사 총론'을 공부하면서, 역사의 변화를 일으켜 보자는 데 마음을 모았다. 군대를 가지 않고 노동현장으로 가기로 작정했다. 군대를 가지 않으면 '군도바리'여서 고향의 부모님이 걱정을 할 것이 당연하였지만, 쉽지만은 않은 일이었지만 언젠가 현장에 내려갈 것을 계획하며 대학 생활을 계속하였다. 그러나 영양실조와 오랜 감기 때문에 몸은 병들어 있었고 결국에는 서울로 돌아가지 못했다. 건강이 나빠져 포항으로 내려왔다가 서울로 올라가지 않았던 것이다.

대학을 다닌 2년 6개월 동안 데모한다고 외갓집에서 가출한 후, 이사를 아홉 번을 다녔기에 웬만한 서울 사람보다 지리를 더 잘 안다는 서울의 모든 것을 버려야 했다.

- 2004년에 출간된 『생각의 흔적』 중에서

1985년 봄, 대학 교정에서

1985년 4월, 종로직업소년학교 봄소풍에서

동물약품배달부의 노래

I am a poor wayfaring stranger.

While traveling thru this world of woe.

Yet there's no sickness, toil or danger

In that bright world to which I go.

I'm going there to see my father.

I'm going there no more to roam.

I'm only going over Jordan.

I'm only going over home.

......

- Wayfaring Stranger sung by Emmylou Harris

위의 노래는 '길을 가는 나그네'이다. 이 노래는 구전되어 내려오는 종교적인 색체의 민요로 삶의 고달픔이 그득한 현생보다는 피안의 세상에서 안식을 꿈꾸는 이야기이다. 슬픈 목소리로 유명한 외국 가수 에밀루 해리스(Emmylou Harris)가 부른 노래이고, 그 이야기는 성경에 나오는 구절이기도 하다. 특히 성경의 말씀이어서 내용도 듣기에 자연스럽다.

나는 고뇌로 가득 찬 이 세상을 떠도는
초라한 떠돌이 나그네
하지만 내가 가는 밝은 세상은
병도 싸움도 위험도 없는 세상

나는 아버지를 만나러 그 곳에 가네
더 이상 방랑하지 않아도 되는 그 곳
요르단 강 건너
내 고향으로 가네

나는 먹구름이 내 주위에 몰려올 걸 안다네
내가 가는 길은 험하고 가파른 길
하지만 내 앞에는 아름다운 평원이 준비되어 있다네
신이 나를 지켜주시겠지

이 노래는 '이 세상은 스쳐지나가는 공간일 뿐이고, 우리는 거기를 떠도는 이방인, 무슨 욕망을 가진다는 말인가?'라는 반문을 하고 있다. 지주가 농노에게 체념하라고 가르치는 성경의 속임수가 아니라, 인생은 진정으로 아무 것도 아니고 그냥 스쳐 지나가는 찰나일 뿐이라고 생각될 수 있다. 그래서 인격이 특별한 사람들은 그 시간이 짧고 아쉬워 욕심을 부리고 악행을 저지르며 살아남은 자식들에게 재화를 물려주기 급급해 하는지도 모를 일이다.

2005년 4월 영주 소수서원에서 가족들과

내가 이 노래를 들으면서 다닌 것은 지프 속이었다. 질주본능의 마음을 누르고 자동차의 속도를 천천히 하며 동물농장이 있는 들과 산으로 다니기에는 참으로 좋은 노래였다.

　1999년부터 2000년까지 친구가 수의사로 있는 동물병원에 취직을 해서 농촌지역의 축산농장에 동물약품을 배달을 하게 되면서, 배달용 지프의 카세트에 꽂아서 수없이 듣고 들었던 노래였다. 구성진 목소리의 노래여서 들으면 우울해지기도 하지만 시골을 돌아다니며 동물약품을 영업하는 사람으로서 적적함을 잘 달래주는 노래였다.

　친구의 동물병원이지만, 취직을 한 것은 갓 태어난 아이의 분유값이라도 내 힘으로 벌어야 한다는 의지 때문이었다. 그 전에는 직장 구하기가 더 어려워, 감옥에서 나오자마자 공공근로를 하면서 지역의 아주머니, 아저씨들과 함께 농촌에서 풀베기작업을 하게 되었다. 내가 가장 젊어서 민망하기도 했지만, 함께 공동 작업을 하는 것이 좋았다.

　솔직히 아주머니, 아저씨들은 공공근로시간에 일보다는 담소가 주된 관심사다. 참으로 나온 막걸리를 마시면서 흘러간 유행가를 부를 때가 가장 행복한 순간이다. 사회에서 좋은 대우를 받지는 못하지만 자기들끼리는 서로 위하며 사이좋게 지내는 분들이었다. 나는 술을 마시지 못해서 잘 어울리지는 못했지만 일을 할 때는 연세가 많으신 아주머니들이 내게 일감을 많이 넘겼고, 특히 톱질은 거의 내가 도맡아 했었다.

하루 벌어 하루 먹는 사람들에게 무슨 낙이 그렇게 많겠냐마는 그래도 우리들은 즐거웠다. 가끔은 술에 취해 부리는 불쾌한 장면도 없지는 않았지만. 카풀을 같이 하면서 공공근로에 나가게 되면 사람들의 어려운 처지도 알게 되고, 협동심과 인간애도 느낄 수 있게 된다.

내가 당시에 이 노래를 좋아하는 이유는 앞에서 말한 것처럼, 자동차를 몰고 다니는 위험 때문에 급하게 차를 운전하지 않기 위함이었다. 빠른 템포의 노래는 마음을 급하게 만들어 사고가 나기가 십상이라고 생각했기 때문이다. 그리고 노랫말이 희망적이기만 하진 않지만, 언제나 피안을 꿈꿀 수 있다는 생각 때문이었다.

어느 때인가? 한번은 경주 안강의 노당에서 트레일러와 부딪쳐 교통사고를 일으킨 적이 있었다. 트레일러의 커다란 강철 범퍼가 직각으로 휘어질 정도의 큰 추돌 사고였다. 내가 탄 지프가 트레일러에 튕겨져 나가떨어질 때, '아! 끝났구나'고 생각했지만 다행이 잠깐 기절했다가 아무런 이상 없이 일어 날 수 있었다. 튼튼한 지프였고, 옆길의 긴 콘테이너 판넬 펜스에 예각으로 부딪쳤기에 다행이었다. 십년감수라는 말을 그 때 알았다.

그 사고 이후 급한 배달상황이 있으면 오히려 천천히 가려고 이 노래를 계속해서 듣게 되었다. 자동차 사고라는 게 자신이 일으키지 않아도 다른 차가 일으킬 수도 있는 것이지만 나 자신이 차분한 마음으로 운전한다면 적어도 남에게 피해를 주지는 않겠다는 뜻에서 이 노래를 들었다. 그래서인지 이 노래가 좋았다.

존 바에즈(Joan Baez)의 음색보다는 에밀루 해리스(Emmylou Harris)의 노래가 가장 좋다. 구성진 가락에서 차분함을 느낄 수 있었고, 인생의 무상함이나, 살아오면서 느꼈던 여러 기억들을 떠올릴 수 있었기 때문에도 좋았다.

나는 내 삶의 방향을 1984년에 정했다고 판단한다. 그 이전 대학에 입학하기 전까지는 청소년기의 동무들과 뛰어노는 즐거움을 뒤로하고는 막연하게 잘 살아야 한다는 생각뿐이었다. 그러나 1984년 후반기에 앞으로의 내 인생을 의미 있게 살기 위해서는 힘들게 살 수도, 고달플 수도 있겠거니, 그리고 그 어려움을 달게 받겠다는 생각을 분명히 했던 것 같다. 그래서 어려운 인생살이일 것이기에 결혼을 할 생각도, 여학생을 사귈 생각도 전혀 하지 않았다. 그러고 보면 아내에게 한없는 고마움을 느낀다.

옛날 서당이 있는 마을에서는 훈장어른이 아이들에게 공자와 노자를 동시에 가르쳤다고 한다.

논어와 맹자를 읽고 공맹의 이치를 깨닫는다. 그리고 세상에 나아가 유교의 원리로 세상을 다스리며 백성들의 어려움을 해결해 이 세상이 유학(儒學)의 가르침으로 가득 찬 세상을 만드는 것이다. 그리고 그런 고을에는 꼭 향교가 있다. 그 향교는 고을의 공동체를 이끄는 정신적 지주이기도 하지만, 무서운 양반들이 반상(班常)의 차별로 형벌을 내리는 곳이기도 하다.

그렇게 유학을 통해 학문을 갈고 닦았지만, 모든 양반들이 반드시 출세를 할 수 있는 것도 아닌 것은 당연한 일이다. 춘향전, 오성과 한음, 어사 박문수 등 조선의 이야기 중에 과거급제를 한 사람들이 자주 나오지만 그렇게 쉬운 것은 아니었을 것이다. 인생을 걸고 공부하다 실패를 하게 되면 출세만 바라보다 정진하던 공부가 얼마나 허탈할까? 그래서 머루랑 다래를 먹으면서 세상을 버리고 청산에 살자며 세상의 도가 자연과 무위(無爲)에 있다고 주장하는 학문이 노장사상이다.

나는 사람의 마음속에 진취적인 자세로 세상을 개척하려는 의지가 있다는 것을 안다. 또한 인간이 곧 자연이듯이 자연 속에서 칡넝쿨처럼 얽혀 살아가고 싶은 자연주의적인 욕망이 있다는 것도 알고 있다. 인간은 생활 속의 상황 상황마다 부닥쳐 오는 파도를 헤쳐 나가기 위해서는 두 가지의 방법 모두를 선택한다.

문제를 해결하려는 진취성과 시간의 흐름에 몸을 맡기는 것, 그 두 가지이다. 나는 지금도 둘 다 나쁘지 않다고 생각한다. 인생이라는 것이 적극성도 있어야 하겠지만, 간혹 시간이 해결할 때도 있는 것이기에 그렇다. 또 낙천적인 인생관과 염세적인 삶의 방식에는 통하는 것이 있다고 믿는다.

1994년 3월에 아버지께서 사망하셨을 당시, 나는 서울의 기독교사회연구소에서 회의를 하다가 아버지께서 돌아가실 것 같은데 나를 많이 찾으신다는 동생의 말을 듣고 급히 포항에 내려왔다. 하지만 때는 이미 늦어 버려 가족들에게 원망을 많이 들었다. 유언도 못 듣고, 임종도 지키지 못한 나는 정말로 불효자가 되고 말았다.

그리고 2개월 뒤에 감옥에 들어가게 되었다. 훗날 모든 이야기를 하게 되겠지만 국가보안법에 위배되었다는 혐의로 1994년 6월 감옥에 들어갔다. 그 때 '아버지께서 돌아가셔서 둘째 아들이 감옥에 간다는 사실을 몰라서 다행이다.'고 생각했던 적이 있다.

감옥에서 손목을 긋기도 하였다. 황석영선생님의 면회불허가 발단이 되어 공안수들이 들고 일어났는데, 1996년에 연세대에서 있었던 집회로 갓 구속된 대학생들이 감옥에서 쟁투를 벌인 것이다. 그 때 나는 독방에서 3년을 보낸 뒤여서 웬만하면 나서는 행동을 하지 않았지만, 전체 공안수들이 농성을 하는 상태였다. 그래도 유연하게 문제를 풀고 싶었다.

그래서 3년 이상 독방에 있었음으로 방문을 열어달라고 요구하였다. 행형법에 2년 이상을 독방에 두지 못하게 되어 있으며, 부득이한 경우에도 2년 6개월을 넘기지 못한다는 규정을 지켜달라고 요구한 것이다. 대체로 교도관들은 좋은 사람들이었지만, 열쇠를 보안과에 반납하였고, 지시에 따라 문을 개방할 수 없다는 말이 돌아왔다.

평소에 사이가 좋은 교도관들이었지만 어쩔 수 없었다. 방문을 열어달라고 항의하며 캔뚜껑의 날카로운 면으로 손목을 그었다. 잘 그어지지 않아 몇 번이나 그었다. 그 교도관은 열쇠를 가지러 뛰어갈 수밖에 없었다. 그렇게 농성은 풀렸고 결국 교도소와는 화해를 했다. 당시는 젊은 대학생들의 혈기가 야속하기도 했지만 무사히 끝나게 되어 다행이었다.

감옥 생활에서 제일 힘든 것은 홀로 두고 온 아내걱정이었다. 집안의 구성으로 봐서는 남편이 감옥에 간 것이 아내에게는 대단히 불편 했을 테지만, 낙천적인 성격의 어머니께서 내 아내를 잘 챙겨주셨다. 나의 감옥 생활이 길어지면 아내가 나를 두고 떠날까봐 어머니는 엄청 걱정이었을 것이다. 그래도 아내는 잘 견디어 주었다. 그리고 1997년 12월에 아내가 주는 두부를 먹었다.

약품배달을 하면서 자주 들었던 노래가 하나 더 있다.

아늑한 산골짝 작은 집에
아련히 등잔불 흐를 때
그리운 내 아들 돌아올 날
늙으신 어머니 기도해

그 산골짝에 황혼질 때
꿈마다 그리는 불빛을
희미한 불빛은 정다웁게
외로운 내 발길 비추네

- 미국의 민요, 산골짝의 등불 중에서

자식을 갖게 되는 그 기쁨은 이루 헤아릴 수 없는 것이다. 부모가 된다는 것, 그 자식을 위해 땀 흘려 노동을 해서 먹거리를 해결해 본다는 것, 한 사람의 인간으로 태어나 느끼는 행복감 중에 가장 큰 것이라고 느끼게 되었다.

동물농장에 약품을 팔러 갔다가 퇴짜를 맞는다든가, 우리 동물병원에서 약품을 그만 사겠다고 통지를 받고 쓰라린 가슴으로 돌아올 때 바라보던, 공허한 하늘. 지프를 타고 돌아오는 저녁, 서쪽의 노을을 보면서 영화 '자전거 도둑'의 아버지의 마음을 알고도 남음이 있다. 단순 업무인 배달 일을 하고, 약품 영업을 하면서 퇴짜를 맞고, 그런 일들을 겪어봐야만 이 사회의 가난한 사람들의 마음을 조금은 알게 된다고 믿게 되었다. 남들은 천박한 논리라고 얘기할지 모르지만 결코 부끄럽게 생각하지 않는다.

동물 약품을 배달하며 자식의 분유값을 벌기 위해 뛰어다녔던 시절이 그립고 가장 즐거웠던 때로 기억된다. 영원히 살아 계실 것 같던 부모님도 모두 돌아가시고, 자식들이 커감에 따라 한 세대가 지나가고 또 한 세대가 성장한다는 것이 자연의 당연한 이치로 깨닫게 된다. 그래서 한편으로는 지나가는 시간이 덧없기도 하다.

- 2010년 출간된 『서울만 수도면 지방은 하수도냐』 중에서

어린 날의 꿈

초등학교 6학년 때 찍은 명함판 사진

결혼해서 아내의 학교 때문에 시내에서 산 것을 빼고는 줄곧 송도에서 살아왔다. 가난한 동네인 산1번지에서 산 것이 무슨 자랑이겠느냐마는 내가 성장하면서 가지게 된 나름대로의 인생관과 세계관은 내가 자란 송도 산1번지와는 절대 무관하지 않다고 생각한다.

어린 시절 우리 또래들은 몇몇 가정을 제외하고는 다들 어렵게 살았다. 우리 집은 그 중에서도 좀 더 가난한 축에 들었다. 나는 가난한 동네에서 산 것을 자랑스럽게 여기지는 않지만 고만고만한 집안의 동네아이들과 장난치며 뛰어 놀던 어릴 적 기억을 너무도 소중하게 간직하고 있다. 다들 가난한 집안의 아이들이었지만 골목을 뛰어다니며, 까르르 하는 웃음소리와 함께 재잘거리면서 즐겁게 뛰어 놀았다. 어린 시절의 서로의 어려움에 대해 너무도 잘 알기에, 살아가면서 서로를 이해하고 위해주는 심성이 마음속에 자리 잡았다. 만약 우리 집이 가난하지 않고 부유하였다면 세상의 비참함과 아름다움에 대해 올바르게 알지 못했을 거라고 생각한다. 또한 남과 더불어 살아가는 것이 얼마나 인생을 풍부하게 하는 것인지 모르고 자랐을 것이다.

내가 송도 초등학교에 다니던 시절에는 학생들을 지역별로 길남, 길북, 해수욕장, 딴봉 이렇게 네 지역으로 나누었다. 길남은 오거리에서 송도해수욕장으로 들어오는 중심도로에서 남쪽이고 길북은 그 반대였다. 길남과 길북은 나름대로 생활이 괜찮은 집들이 자리를 잡고 있었다. 그렇지만 송도해수욕장은 산1번지로 불리던 가난한 마을이었고 딴봉은 형산강과 바다를 무대로 생계를 이어가는 어촌이었다. 또 시금치를 기르는 밭도 많았다. 당시 딴봉에서 인분으로 기른 시금치는 전국에서도 유명하였다.

나는 길남도 길북도 아닌 '해수욕장'에 속하는 아이였다. 우리 동네 아이들은 여름이면 아침에 바다로 나가 헤엄을 치며 놀았다. 그러다가 점심을 먹고는 또 모래밭과 바다에서 놀다가 저녁이 되어 어두워질 때에야 집으로 돌아왔다. 바지 주머니 속에 모래를 듬뿍 넣은 채로. 매일 그랬다. 검정고무신을 접어 자동차놀이를 하고 바다모래로 공을 만들어 단단함을 자랑하는 시합도 했다. 모래성을 쌓기도 하고, 헤엄을 쳐서 서로 빨리 가려고 다투기도 했고 중학교 때부터는 부모님 모르게 다이빙대까지 수영을 해서 가기도 했다. 바다와 친근해질 수밖에 없는 아름다운 날들이었다.

우리집이 가난하다는 것을 안 시기는 철이 들 무렵인 4학년 때였던 것 같다. 3학년 때는 선생님이 육성회비를 가져오라고 하면, 선생님 말씀은 잘 들어야 한다고 생각했기 때문에 그날 점심시간에 집에 와서 어머니께 돈을 달라고 졸랐을 정도였으니 3학년 때까지는 전혀 철이 들지 않았던 모양이다. 차차 생활형편이 어렵다는 것을 알게 되면서 어린 나이에도 뭔가 돈을 버는 방법을 찾아 다녔던 것으로 기억된다. 4학년 겨울 방학 때 송도다리 근처 철공소에서 일을 하고 싶어 했던 기억은 확연하다.

겨울이면, 지금은 송림시장이 들어선 큰 호수 '양어장'에 아이들이 썰매를 타러 나왔다. 나는 철사를 끼운 썰매를 탔지만 다른 아이들은 기역자로 된 긴 쇠로 된 '칼 수켓프(스케이트_썰매)'를 탔다. 나는 그것이 부러워 철공소에서 일하면 '칼수켓트'를 마음껏 탈 수 있을 것이라 여겼다. 쇠를 자르는 전기톱과 구멍을 뚫는 드릴을 보았을 때 더욱 그랬다. 그전까지는 우리 동네 아이들은 쇠를 도끼날 위에 대고 해머로 쳐서 잘랐는데 도끼날을 상하게 해서 아버지에게 혼이 났기 때문이기도 하였다. 커

2006년 문경 시립도서관에서 아이들과 함께

서 어른이 되면 쇠도 마음대로 붙이고 마음대로 자를 수 있는 철공소를 차리고 싶었다. 그리고 난 커서 꼭 철공소에서 일 할 거라고 다짐을 했다.

5학년 여름 어느 날은 송도사거리 근처 벽돌공장에서 하루 종일 리어카를 밀어주기도 하였다. 일을 마치고 감자와 양파를 가지고 집으로 돌아와서는 어머니께 자랑스럽게 내밀었다. 내 가 번 것이라고 큰소리치던 기억이 떠오른다. 원래 돈을 받기로 했었는데, 주인이 돈은 주지 않고 먹을 것만 주었을 때 속이 상 했지만 아무 말 않고 그냥 받아 집으로 왔다. 주인의 인심이 야 박했던 것이다.

일요일이면 동네 형들이랑 고철을 주우러 다녔다. 송도에서 해도 쪽으로 걸어 한 바퀴 돌아오면 고물상에 팔 못이나 철사

따위가 생겼다. 그것을 팔아 얼마씩 나누어 과자를 사 먹고는 했다. 여름이면 송도바다로 가서 큰 꽃게를 잡아서 횟집에 팔아 용돈을 만들기도 하였다. 우리들은 횟집에서 나온 생선머리와 창자를 줄에 매달아 바다에 던져서 게를 잡았다.

그러나 나는 초등학생이었고 형들은 중학생이었다. 조그마한 게를 잡을 수는 있었으나 무서운 큰 집게가 달린 꽃게를 잡는 것은 어려웠다. 동네 형들을 따라 그 먼 북쪽 해변 끝까지 걸어 갔다 걸어오면서 세상살이의 새로운 방법들을 배웠다.

이런 조그마한 돈벌이를 하면서 나이가 들어 덩치가 커지면 돈을 많이 벌 거라는 다짐을 했다. 그래도 공부는 계속하고 싶어, 중학교 때는 학비를 보태느라 신문을 배달하며 학교를 다녔고 고등학교 방학 때는 취로사업을 나가 일당을 받기도 하였다. 다행히 고교시절에는 성적이 상위권에 있는 덕에 학비를 면제 받고 다녀서 한결 쉬웠다.

그래서 대학에 들어갈 때도 돈을 많이 벌 것 같은 학과를 선택했다. 공대 토목공학과를 졸업하여 건설업을 하고 싶었지만, 민주화운동의 격동기였던 80년대는 대학생들을 공부만 하도록 내버려두지 않았다. 나 또한 어린 시절 어려웠던 기억을 되살려 대학교 1학년 때부터 근로학생들을 위한 야학의 교사가 되었고, 결국에는 어린 날의 꿈을 접고 학업과 돈을 버는 것은 내 삶의 방향이 아니라고 결론을 내렸다. 그리고는 어린 시절 동네 아이들과 정겹게 뛰놀던 마음처럼 가난한 사람들과 더불어 살아가는 방법으로 세상을 살기로 마음먹었다.

– 2002년 『나는 사람이 좋다』 중에서

첫돌을 맞이한 아들에게

내가 결혼을 한 때가 1994년 1월이다. 아내를 처음 본 것은 1990년 9월인데, 사귀기 시작한 것은 1991년 봄으로 기억한다. 5월 노동절을 기념으로 포항의 운제산으로 포항지역 노동조합원들과 등반대회를 함께 간 것이 첫 만남이었던 셈이다. 등반대회 전날, 교제하기 전의 아내와 전국교직원노동조합(전교조) 사무실에서 등반대회를 같이 가기로 약속했었다.

그런데 당시의 청년활동가들은 노동운동을 측면 지원하는 세력으로서 나름의 역할을 하고 있었기 때문에 아침에 준비물을 챙기느라 후배들과 엄청 바빴다. 결국 후배들과 나는 등산이 모두 끝난 후에 산의 정상에 올랐는데, 아내가 내게 다가와 안오는 줄 알았다고 반가워하는 것이었다. 기분이 너무 좋았다. 나를 좋아하는 여자가 있다니! 그럴 즈음에 포항에서 해직된 한 분의 선생님께서 아내와 저를 불러 놓고, 둘이 친하게 지내고 사귀어 보라는 말씀도 있어서 편하게 사랑을 싹틔우게 되는 계기가 되었다.

2006년 봄,나가사키 평화기행 가는 날, 아들과 선상에서

나가사키 평화기행 중에 아들이 다리가 아파서,2006년

3년 정도를 사귀고 난 뒤, 나는 아내에게 결혼을 하자고 졸랐다. 마침내 아내도 많은 고민 끝에 나의 청혼을 받아들였다. 그래서 대구의 처가에 인사를 드리러 가게 되었다. 나는 거짓말을 하면 이마에 거짓말이라고 쓰일 정도로 거짓말을 잘 못하는데, 거짓말을 할 일이 생겼다. 처가의 어른들께 대학을 졸업했는데 학원강사를 하고 있다고 말씀드리자고 아내가 제안하여 그렇게 말을 맞추었던 것이다. 그 이후 정말로 대학을 졸업한 2009년 8월까지는 처가에 가면 아버님, 어머님을 볼 면목이 없었다. 죄인이 된 것이다. 또 아내에게는 결혼을 하면 대학을 복학해서 졸업을 하겠다고 약속도 했지만 만 15년이 지나서야 약속을 지켰다.

　1994년 1월에 문익환 목사님께서 돌아가신 것으로 기억된다. 그 때 나의 아버지께서도 췌장암으로 병원과 집을 오가던 터라 아내와 아버지께서 돌아가시기 전에 결혼을 해야 했기 때문에 결혼을 서두르고 있었다. 그래서 1월에 결혼을 하고 3월에 아버지께서 세상을 버리셨다. 그리고 3개월 뒤에 아내와 떨어졌다. 아내를 다시 만난 것은 1997년 12월이었다.

　아내와 다시 만난 이후, 1999년 6월에 큰 놈을 낳았다. 아내가 큰 놈을 가져 임신복을 입고 뒷짐 지고 다니던 모습은 포항에서 사회운동을 하는 친구들의 아내들에게는 즐거운 이야기꺼리가 되었다. 왜냐하면 임신을 했다는 말을 의사로부터 듣자마

자 임신복을 입고 허리를 손으로 받치고 다녔으니까… 옥바라
지를 하면서 나를 기다려준 착하고 용기 있는 아내가 정말 사랑
스럽다. 아래의 글은 큰 놈의 돌잔치가 있었던 2000년 현충일
에, 내가 축하객들 앞에서 아들에게 읊어준 글의 내용이다.

우리가 너에게 보내는 이 글은
네가 글을 알고 지혜로워졌을 때 다시 음미해보길 바란다
세상은 아름답기도 하고 또한 혼란스럽고 혼탁하기도 하단다.

너의 이름엔 있을 재자(在字)와 백성 민자(民字)가 들어가 있다
이는 언제나 약하고 어려운 사람들 속에서
더불어 살아가라는 의미이란다.
우리는 네가 부귀영화를 누리거나
대단한 권력을 가져 다른 사람들 위에 군림하기를 원하지 않는다.

언제나 약한 사람들 편에 서고
오로지 가난한 사람들을 위해 살아가 주었으면 한다.
아프리카의 흑인들을 위해 일생을 바친 슈바이처 박사나
가난한 사람들을 위해 자신의 모든 것을 다 바쳤던
프란츠 파농이나 체게바라와 같은 사람이 되어 주었으면 하는 바
람이다.

우리 가족은 공동체를 지향한다.

사람을 사랑하는 마음과 인간에 대한 예의,

나라와 겨레를 위한 열정으로

가난한 사람들, 약한 사람들과 더불어

우리는 대를 이어 나아간다.

이것이 오늘 너의 돌을 기뻐하는 이유이다.

- 2000년 6월 6일 너의 돌잔치에서

마키아벨리와 저우언라이(周恩來)

　여의도에서 몇 년 생활을 한 적이 있다. 전국의 각 지역과 네트워크를 형성하여 자치분권운동을 실현시키고자 하는 활동을 하게 되어 실무책임을 맡으면서 부터이다. 내게도 좋은 경험이었고 많은 것을 배우게 된 계기이기도 하다.

　서울 생활의 기억 중 하나는 정치에 관여하는 사람들이 책임 있는 말을 하지 않고 사람을 골리는 말을 잘 하는 것에 대해 놀라움이었다. 시골 쥐가 도시에 살러 갔다가 도시 쥐의 약삭빠름에 적응을 잘 못하는 것인 셈이다. '아니면 말고'라는 식의 거짓말을 한다던가? '원래 현실은 그런 거야, 정치를 잘 모르네…'등등 주위에서 하는 말들이 귀에 대단히 거슬렸고, 또 그렇게 사고하면서 생활하는 사람들에게 실망을 하지 않을 수 없었다.

　그리고 정치적으로 대립각을 세우는 서로들에게 하는 말들이 언젠가는 서로의 동료들에게 하지 않는다는 보장도 없기에 내게는 '어디까지 말을 믿어야 하나?' 라는 고민이 앞서기도 했다. 마키아벨리는 군주가 백성들을 잘 다스리고 외세로부터 잘 지켜내려면 냉혹한 정치적 술수를 통해 외교. 국방의 정책을 잘 세워야 한다고 가르친다. '신뢰성 있는 말보다 정치적 상대들을 이기기 위해 갖은 수단도 아끼지 않는다.'라면 어떠한 정상적인 인간관계도 존재하지 않을 수 있을 것이다.

국가의 이익을 지키기 위해서, 능수능란한 대외정책을 구사하기 위해서 여러 가지 방법을 선택하는 것은 국익과 국민의 안전을 지키기 위해서 가능하다고 생각한다. 그렇다 하더라도 국내에서 정치가로서 신뢰성이 있어야 하는 것은 자명한 일이다. 요즘 세종시에서 논란이 되는 국가정책에 대한 신뢰의 문제도 마찬가지이다.

마키아벨리는 16세기 초 이탈리아의 귀족가문 메디치가(家)의 안녕과 번영을 기원하며 '군주론'이라는 책을 써서 바쳤다. 군주론에서 마키아벨리는 정치가들은 종교적 도덕적 구속에서 해방되어야 하고 때로는 위선적일 수도 있어야 한다고 주장한다. 그의 주장을 요약해보면 '정치는 일체의 도덕이나 종교에서 독립된 존재이다. 그러므로 일정한 정치목적을 위한 수단이 도덕이나 종교에 반하더라도 목적달성이라는 결과에 따라 일체의 수단은 정당성이 획득된다.'라는 정치적 논리이다.

일부에서는 이런 주장의 이면에 당시 유럽의 지배적인 기독교와 16세기 이탈리아 도시국가의 인문주의적 공화제를 타파

2011년 9월, 포항이동당사 기자간담회에서

하기 위한 전략이 깔려있었다고 말한다. 그러나 일반적으로 이 말은 목적은 수단을 정당화하기 때문에 목적달성을 위해서는 어떤 방법도 허용된다는 의미로 이해되어 왔다.

마키아벨리즘은 16세기 이래 근대 정치사상을 내포하게 되었는데, 이러한 개념들은 정치사상적 측면, 문화적 측면, 경제적 측면, 개인적 처세방식 등에 영향을 미쳤다. 정치사상적 마키아벨리즘은 공익, 특히 국가의 이익을 위해서는 수단의 도덕적 선악에 관계없이 효율성과 결과 중심적 사고만을 고집하는 정치철학이다.

문화적 측면으로는 절차와 합의는 도외시하며 수단 방법을 가리지 않고 목적과 이익에만 주목하는 천박한 정치문화이다.

경제적 측면에서는 소위 '마키아벨리주의 공식'이라고 불리는 것이다. 대형건설 사업에서 프로젝트 제안자들이 비용과 환경 영향은 과소평가 하되 개발효과나 이익은 과대평가 한다는 것이다. 개인적 처세방식은 공익추구라는 범주를 떠나 자기 자신의 이익을 위해 남을 희생시키는 처세방식을 말한다.

마키아벨리즘 혹은 마키아벨리스트들이 현대 대중민주주의, 한국정치에 미친 폐해는 '바람직한 정치 공동체의 구성과 조직의 문제'를 '효과적인 권력 조직의 획득과 유지방안의 문제'로 치환시킨 것에 있다. 이러한 결과 오늘날 한국의 정치 지도자들 사이에서 강한 것과 옳은 것을 대비시켜 '옳은 것보다 강한 것이 중요하다.'는 신념이 유행처럼 번지고 있다. 바람직한 후보자의 정책이나 자질, 철학보다 효과적인 선거방법론이 여의도 국회의사당 주변을 어슬렁거리는 참담함이 현실이며, 이러한 행태는 국민 모두를 정치적 냉소주의에 빠트리고 있다.

마키아벨리의 대척점에 서있는 인물 중 하나가 바로 중국의 저우언라이이다.

'인민의 총리로 인민이 사랑하고, 인민의 총리로 인민을 사랑하고, 인민과 동고동락하니, 인민과 총리의 마음이 이어졌다.' 이것은 천안문 광장에 세워진 저우언라이의 추도시비에 새겨진 글귀이다. 영원한 민중과 함께 길을 걸은 그는 아직까지도 중국인들이 가장 좋아하는 지도자이다.

'마오쩌둥이 없었다면 중국의 혁명은 결코 불붙지 않았을 것이다. 하지만 저우언라이가 없었다면 그 불길은 다 타서 재가 되었을 것이다.'라는 미국 대통령 닉슨의 말대로 저우언라이는 덕장이었다. 최고 권력자보다 더 존경받는 중국인들의 친구였고 지도자였다.

1930년대 초반 중국의 홍군에는 '대중들의 것은 바늘하나, 실 한 오라기도 취하지 않는다.'는 명확한 규율이 있었다. 이 정신으로 인해 민중들로부터 폭넓은 사랑과 지지를 받았다. 현대의 중국이 있게 한 장정은 1934년 10월 루이진에서 시작되었다. 중국 홍군은 1934년 10월부터 1935년 10월까지 1년간 평균 하루에 한번 전투를 치르면서 열여덟 개의 산맥을 넘고 열일곱 개의 강을 건너면서 2만 5천리의 행군을 마쳤다.

장정은 중국공산당이 국민당군의 포위망을 뚫고 9,600킬로미터를 걸어서 탈출한 사건이다. 1934년 10월 16일 중국남부 루이진에서 8만 명의 중국 홍군이 군수품과 온갖 물자를 등에 지고 탈출을 시작했다. 그들 뒤에는 가족 대부분과 병들거나 부상을 입은 2만 명을 포함해 2만 8000명의 홍군이 따랐다. 당초 출발자 중에서 최종 목적지에 도착한 인원은 불과 7천 명이었다. 홍군은, 장제스가 이끄는 국민당과의 전투를 치르면서 추위와 굶주림, 더위와 질병의 고통을 감내하며 산맥과 사막을 가로지

르고, 깊은 강을 건너는 강행군 속에서도 초인적인 의지와 사기로 중국을 통일할 세력을 보존하고 결국은 승리를 쟁취하였다.

누구의 눈에도 실패로 보였던 이 장정은 중국공산당의 역사에서 패배가 아닌 승리, 새로운 역사의 패러다임을 보여준 대승리로 기록됐다. 홍군은 장정을 통해 엄청난 고난과 역경을 이겨냈다는 신화를 만들 수 있었고 중국혁명의 이념을 중국 농촌에 전파할 수 있었다. 민초들에게서 절대 물품을 빼앗지 않겠다는 홍군의 정신은 농민들에게 지도력을 인정받는 중요한 계기가 되었다.

중국공산당의 대장정을 거쳐 중화인민공화국이 1949년에 건국 되었다. 마오쩌둥은 국가 주석에, 저우언라이는 초대 총리에 취임하였다. 이때부터 저우언라이는 26년 동안 중국의 총리이자 외교수장으로 자리를 지켰다.

저우언라이는 혁명가였지만 혁명이 성공한 이후에는 서민적 지도자로 추앙받았다. 그의 서민적 행보에 관한 일화는 수 없이 많다. 생활이 어려운 서민들을 생각해 속옷도 기워 입는 검소한 총리였다. 외교수장이기도 했던 그는 해외순방길에도 낡은 옷을 입었고 이 때문에 해외의 중국 대사관이 그의 옷을 수선하기 위해 뛰어 다녔다는 일화도 있다. 25년 동안 살았던 관저도 낡고 비가 새 늘 수리를 해야 했다고 한다.

이런 검소한 면으로 인해 동서냉전이 한창이던 1976년에도

개혁국민정당 포항남. 울릉 지구당 창당대회

미국 뉴욕의 유엔본부에 저우언라이의 사망을 애도하는 유엔의 조기가 계양되기도 했다. 당시 유엔 사무총장이었던 쿠르트 발트하임은 '저우언라이는 생전에 한 푼의 저축도 없었다. 그리고 단 한명의 자식도 없었다. 만약 어느 나라의 원수든 이 두 가지 중 하나만 부합하여도 우리 유엔은 그를 위해 조기를 계양할 것이다.'고 말했다. 그러나 아직까지 저우언라이 이후로 유엔에 조기가 걸린 적은 없다.

우리는 국민의 마음을 얻고 그 신뢰를 바탕으로 운영되는 국가와 지도자를 꿈꾸고 있다. 다른 나라와의 경쟁 속에서도 신뢰를 바탕으로 동맹을 맺어야 하고, 되도록 국가의 대외정책 속에서도 마키아벨리의 방법론은 채택하지 않아야 한다. 마키아벨리에 대해서 더욱 많은 공부를 해봐야 하겠지만, 순박한 사람들, 일반 백성들은 마키아벨리보다는 저우언라이를 원할 것이다.

마키아벨리와 저우언라이를 정확히 대척점에 서게 하는 다른 점이 있다. 바로 정치꾼과 정치가의 차이점이다. 다른 관점에서 말하자면 정치적 수사로서 말하는 자와 자신의 행동으로, 삶으로 말하는 지도자의 차이이다. 또 다른 각도에서 보면 권력자를 대변하는 사람과 끊임없이 세상 속으로 들어가 국민의 소망을 대변하는 사람의 차이이다.

'대중은 항상 옳은 것인가?'라는 고민을 해 본적이 있다. 마키아벨리와 저우언라이를 보며 대중은 과연 누구를 선택할까?

정치공학으로만 선거를 바라보고, 이론으로만 정책이 만들어지고, 수사로서 공약이 남발되는 우리의 정치관행을 한번쯤은 반성을 해봐야 하지 않을까라는 생각이 든다. 끊임없이 권력자에게만 줄서려는 해바라기 관행이 언제쯤 여의도에서, 한국 정치판에서 사라지게 될까?

자신의 영달이 아니라 진정 조국과 민족의 미래를 위해 나서는 정치 지도자가 그립다. 현란한 수사 이전에 자신의 삶으로 말하는 지도가 보고 싶다. 위가 아니라, 권력이 아니라, 표가 아닌 진정한 국민을 생각하고 그 국민을 위해 일하는 정치 지도자를 갖고 싶다.

마키아벨리가 너무 많은 지금 한국의 저우언라이를 보고 싶은 것은 우리 모두의 소망이 아닐까?

– 2010년에 출간된 『서울만 수도면 지방은 하수도냐』 중에서

한씨 연대기 – 전쟁과 인간

전쟁과 남녀의 사랑을 다룬 소설 중에 백미는 '보리스 파스테르나크'의 '닥터 지바고'라고 생각한다. '닥터 지바고'는 러시아 혁명과 내전시기에 의사인 '지바고'와 그의 연인 '라라'의 이야기를 다룬 소설이다. 지바고는 시인이기도 하다. 착한 지바고는 의사의 본분을 잊지 않고 적군이든 백군이든 치료를 해주는 휴머니스트이며, 가족을 사랑한다.

한씨연대기가 들어 있는 소설집, 객지

라라는 가난에 못 이겨 돈 많은 부자의 품에 안겼으나 내전기에 우랄 산맥의 '바리끼노'라는 마을에서 지바고와 운명적으로 만나 그를 사랑하게 된다. 1부와 2부로 나누어진 약 3시간 이상의 라운드 트랙은 러시아의 추운 겨울로 안내한다.

그리고 파스테르나크는 1958년도 '닥터 지바고'로 노벨문학상 수상자로 결정되었으나, 이 상을 받게 된다면 러시아에서 추방당한다는 당시 소련 공산당의 경고(위협)에 노벨문학상을 거부한다.

전쟁은 인간을 광기의 현장으로 몰고 간다. 아무리 정의로운 전쟁일지라도, 삶과 죽음이 교차하는 피비린내 나는 전투의 현장에서 인간애가 있으면 얼마나 있겠는가? 사랑하는 가족과 다시 만나기 위해 남을 죽여야만 하는 살육의 현실에서 사랑이 꽃피면 얼마나 꽃필 것인가? 결국 인간의 목적과 목표는 사랑과 평화라고 생각한다.

그렇게 생각해보면 우리에게 일어났던 한국전쟁은 얼마나 어마어마하고 끔찍한 전쟁이었을까? 우리 동족 간에 일어난 전쟁의 고통, 전쟁으로 고통 받은 그 숱한 가족들의 애환을 어떤 참혹한 말로 표현한다 할지라도 설명할 수 없을 것이다. 한반도에서 어떠한 전쟁도 다시는 일어나지 않아야 한다는 것에 무조건 동의한다. 그리고 전쟁에서 사라져간 평범한 사람들, 국가에 의해 동원되고, 국가의 잘못된 명령에 의해 죽고 사는 사람들. 그 속에 '한영덕'이라는 사람이 있다.

'한씨연대기'라는 소설은 한영덕이라는 의사의 이야기이다. 감옥에서 함께 보낸 황석영선생님의 '객지'라는 책에서 다시 발견하기도 했던 소설이다. 아마도 필자가 가지게 된 전쟁에 대한 시각은 '한씨연대기'로부터 시작되었다고 생각된다. 필자가 이 소설을 만난 것은 1984년 서울 종로야학의 교실이었다. 사회학적인 의미에서 세상에 대한 지적 호기심이 한창 생기는 시기여서 '황석영 소설'이 어떻길래? TV문학관에서 보았던 '삼포가는 길'의 재미를 떠올리며 '한씨연대기'를 읽었다.

전쟁 속에서 피어난 거룩한 사랑도 있겠지만, 착하디착한 사람들이 전쟁 속에서, 부조리한 사회 속에서, 어떻게 억울하고 어렵게 살게 되는가를 단편적으로 알게 해준 내용이어서 당시 내게는 충격으로 다가왔다. 올바르게 살면 모든 것이 다 잘될 것이라는 권선징악의 이야기만 알았던 나이에 '세계의 모순 때문에, 이렇게 인간의 삶이 왜곡될 수 있게구나.'라고 즉각적으로 느끼게 한 소설이 바로 '한씨연대기'였다.

"한영덕이 소식이 하두 오래 전에 끊어데서 난 이 친구레 어디메 지방에서나 개업하구 있는 줄로 알았대시오. 한군은 애 생각에두 너무 고디식하고 순수했디요. 그게 이 친구 단점입네다. 난 이 사람하군 정반대디만 어릴 적부터 쭉 같이 자랐대구 도재 남을 속일 줄도 모르구 융통성두 없는 이 사람 성미가 짜증이 나멘서두 밉질 않았디요. 아니 오히려 그런 면을 조와했대시오."

"저희 아부님께서두 오라버니 인품을 벌써 알아보시구는, 기술 없으문 한데서 얼어죽을 넌석이라구 하셨시오. 기래 의학공불 시키셨는데 훌륭한 솜씰 개지구두 살아나기가 무척 어려웠댔나봐요. 오라버닌 거저, 결혼을 잘 하셔야 됐댔는데… 니악하구 똑똑한 아낙이 뒤에서 들구 보채문 정신을 버쩍 차릴 분이야요. 페양 있는 저이 형님은 기런 여자레 못 되구 약하구 얌전하기만 했시오. 오라버니 성격이 기러니끼니 아낙은 좀 세차구 똑똑해야 할 텐데요."

평양의전과 교오또 대학 한영덕의 동창생인 서학준 박사와 여동생 한영숙의 대화이다. 한영숙의 또 다른 대화를 들어보자.

"늘 기런 식으루 살아오신 거야요. 왜 서박사님두 아시디요. 여게 넘어 와선 안 기랬나요. 운두 무척 없던 분이야요. 기렇게 순박하시니 세상이 천 번을 뒤집혜두 아무 탈이 없을 거라구 생각했댔는데… 반대였시오."

한씨연대기는 1972년 '창작과 비평'지에 발표된 단편소설이다. 한국전쟁을 전후하여, 분단된 남과 북에서 순수하고 고지식한 한 인간이 겪게 되는 희생의 개인사이다.

한영덕과 서학준은 정반대 성격의 소유자들이다. 한영덕과 함께 자라나 의사가 되었고, 둘이 함께 북쪽과 남쪽의 시대적 상황과 고통을 경험했지만, 인성적인 측면에서는 서로 대비된다. 소설 속에서 서학준은 한영덕의 인간성을 더욱 잘 드러나게 하는 인물이다.

평양까지 국군이 다가오자, 의료진을 재편성하고 한창 철수를 준비하고 있을 때 한영덕은 폭격을 맞아 목숨이 위험한 어린 소녀를 살리기 위해 보통병동에서 수술 준비를 하고 있다. 서학준이 한영덕에게 인민군에게서 잠시 몸을 피했다가 국군을 맞이하자고 제안해도 이를 뿌리친다.

"난 여기 남갔다. 환자가 있는데 의사를 죽이기야 하갔나…. 머 죄진 게 있어야디."

이것이 한영덕의 소신이었다. 그리고 그것이 화근이었다. 목숨이 경각에 달린 어린 소녀를 치료한 후, 서학준이 도망간 것 때문에 지하실에 갇히게 된다. 그리고 함께 도망가지 않았지만 당의 명령을 어긴 죄목으로, 회색분자로 몰려 평양을 철수하던 인민군에게 처형을 당한다. 그리고 구사일생으로 살아남아 곧 돌아온다면서 가족을 두고 평양을 떠나 남쪽으로 내려온다.

개성공단 환경협력을 위한 북한 방문증명서

  그리고 남쪽에서는 아들을 찾기 위해 거제도 포로수용소를
서성이다 간첩으로 몰린다. 함께 동업했던, 사이비 의료행위를
하는 인간들에게 모함을 받아 참혹한 고문을 받는다. 분단과 전
쟁으로 인해, 지은 죄 없지만 목숨이 위태로운 고초를 겪는다.
  전쟁의 포화 속에 평범하고 인도주의적인 의사의 삶은 황폐
화된다. 이것이 분단시대의 본질적 모순의 일면이다. 고문을 견
디면서 간첩죄는 무죄가 되지만, 다른 죄목으로 감옥살이를 하
게 되고, 뒤에는 장의사에서 시체 치우는 일을 하다 아무도 돌
보는 이 없이 쓸쓸히 죽는다.

  한국전쟁에 대해 여러 책도 읽고 이야기도 들었지만, 필자가
청년기에 읽었던 '한씨 연대기'의 충격이 전쟁에 대해 다시 생

각하게 했던 것으로 기억된다. 지금은 좀 더 나이가 들어, 분단된 민족의 한사람으로 태어나 인도주의적이었던 한영덕 같은 사람이 희생되지 않는 '겨레의 평화'를 다시 생각해본다.

필자의 집 책꽂이에는 '한씨 연대기'가 들어 있는 소설집 '객지'가 두 권이 있다. 한권은 너덜너덜하게 닳았고, 또 한 권은 황석영선생님에게서 친필서명을 받은 책이다.

- 2010년에 출간된 『서울만 수도면 지방은 하수도냐』 중에서

한 개의 별을 노래하자
김산-오성륜-의열단-이육사

요즘의 정당들은 정보화 시대에 맞게 전자정당을 추구하고 있다. 인터넷이란 문명의 이기(利器)를 정당에 끌어 당겨 저비용, 참여민주주의의 정당문화를 만들어보자는 것이다.

인터넷 상에서 나의 또 다른 이름은 '김산'이다. 김산을 나의 닉네임으로 받아들일 정도로 소중하게 생각하게 된 것은 1985년이 저무는 겨울, '아리랑(Song of Arirang)'을 서울 개봉동의 추운 자취방에서 이불 속에 들어가 몇 번인가 반복을 해서 읽은 이후이다. 그리고 그 이후 역사에 더욱 관심을 기울이면서 '의열단'에 대해 더 잘 알게 되었고, 민족시인 '이육사'가 의열단의 단원이었다는 것이 나의 귀를 번쩍 뜨이게도 하였다.

'아리랑' 속의 주인공인 한국인 독립혁명가 김산(본명 張志樂, 1905 - 38)은 '님 웨일즈'에 그려졌다. '중국의 붉은 별'로 유명한 '에드가 스노'의 전 부인이었던 '님 웨일즈'는 23세 때,

1931년 상하이 주재 미국 영사관에 자리를 얻어 중국으로 갔으며, 그 곳에서 에드가 스노를 만나 결혼했다. 그리고 1997년 1월 11일 89살로 미국에서 사망했다.

1937년 초여름. 님 웨일즈는 연안의 한 도서관에서 조선인 독립혁명가 김산을 우연히 만나, 그의 고통과 좌절, 정열과 희망, 그리고 모험과 투쟁으로 가득찬 이상주의적 독립혁명가의 모습에서 인간미를 느꼈다. 김산의 어린시절에서부터 동경유학 시절, 대한민국 임시정부 주변에서 활동하던 급진주의자들과 접촉하면서 사상적으로 변신하게 되는 과정 등 김산의 인생역정을 기록으로 남겼다.

김산의 선배 겸, 동지였던 사람 중에 오성륜이라는 사람이 있다. 김산과 함께 활동하다가 '약산 김원봉'의 의열단에 참여했던 그는 '다나까 기이치' 일본육군대장을 암살하려다가 실패하기도 했었다. 그는 '전광(全光)'이라고 불린, 유명한 항일혁명가였지만 끝내 일제의 고문을 이기지 못하여 만주국의 특무가 되어버려 인생의 말로가 '김산'과는 다르게 아름답게 끝나지 못한 안타까운 인물이다.

의열단은 1919년에 '약산 김원봉'이 조직한 항일무장단체였다. '아나키스트'라는 제목으로 영화화되기도 하였던 의열단의 '의열(義烈)'은 "정의(正義)의 사(事)를 맹렬(猛烈)히 실행한다"라는 뜻으로 신흥무관학교출신들이 중심이 되어 급진적인 민족주의 노선을 지향하였다. 그리고 의열단 단원 중에 이육사 형제들이 있었다. 이육사(李陸史)의 본명은 이원록(李源禄)이고 형은 원기. 동생은 원유이다.

이육사는 안동(安東)에서 출생하여 조부에게서 한학을 배우고 대구 교남(嶠南)학교에서 수학, 1925년 의열단(義烈團)에 가입하였다. 1926년 베이징으로 가서 사관학교에 입학하였고, 1927년 귀국 장진홍(張鎮弘)의 조선은행 대구지점 폭파사건에 연루되어 대구형무소에서 3년간 옥고를 치렀다. 그 때의 수인번호 64를 따서 호를 '육사(陸史)'라고 지었다.

1986년 내가 몸이 아파 포항에 내려와 있을 때, 대학후배로부터 시집을 한 권 선물 받았는데 그 책이 이육사의 시집이었다. 고등학교 때 참여시(参与詩)의 대명사로 알려진 광야(曠野)만 알았던 나는 그의 시 '한개의 별을 노래하자'라는 시를 읽으면서 단지 '이육사는 민족시인이고 애국자'라는 피상적 사실에서, 섬세한 의식을 가진 식민지시대의 고뇌하는 인물이었다는 것을 좀더 또렷하게 알 수 있게 되었다.

처음에는 '한개의 별을 노래하자'의 3연까지가 무척 마음에 들었다. 조선독립이라는 절대적인 대의를 위해 '한 개의 별만 노래할 것'을 다짐했던 이육사 시인의 마음이 전해져 왔기 때문이었다.

"아롱진 서러움밖에 잃을 것도 없는 맑은 이 땅에서, 독립된 조국이 있는 새로운 지구의 기쁜 노래를 목안에 핏대를 올려가며 마음껏 불러보자"라는 시구(詩句)는 젊은 나에게 희망과 기쁨을 주기에 충분하였다.

와세다 대학에서 열린 아시아청년포럼에서

그러다가 시간이 지나, 전라도 장흥의 감옥에서 이 시를 다시 접해, 뒤의 연들을 찬찬히 읽어 봤을 때 이 시와 이육사가 더욱 마음에 들게 되었다.

식민지시절 군수업체에 근무하다 일을 마치고 집으로 돌아가는 근로자들, 고달픈 행상대, 화전민에 대한 이육사의 애정과, '생산을 담당하는 백성들에 대한 평등의식과 배려'는 "가난한 사람들에게도 별이 있으며 단지 그 한 사람 한 사람의 별일망정 모두 소중하리니, 한 개 또 한 개의 십이성좌(十二星座) 모든 별을 노래하자"라는 시구(詩句)로 끝을 맺는다.

잘 알려져 있지 않은 "한 개의 별을 노래하자"라는 시를 통해 이육사를 다시 알게 되었고, 교과서적인 글에서 한 인간의 사상을 알기란 가능하지 않은 일이라고 판단하게 되었다. 인간의 사상이란 전 인생을 통한 경험의 축적이며, 단편적이고 피상적이지 않다는 사실을 깨닫기도 하였다.

김산을 주인공으로 한 영화가 제작되고 있다고 한다. 시나리오 초고를 완성하여 '송강호'라는 배우가 캐스팅 되었고, 님 웨일즈 유족과 판권 계약을 마쳤다고 한다. '정지영 감독이 메가폰을 잡을 예정이고 50억 원의 제작비가 들어갈 것이라고도 한다.

이제 일제식민지 시절의 독립운동사에 대해 문화적으로 더욱 관심을 가지게 되는 시대가 된 것이다. 민주화운동의 산물인 셈이다. 과거 친일행적을 했던 위정자들이 주류를 이루었던 시절에는 생각조차 금기시(禁忌示) 되었던 일 아니었던가?

시인 이육사와 같은 항일시인들에 대한 시세계를 다룬 논문이 더욱 많이 출간되고, 금기시 되었던 항일독립운동가들에 대한 문화적 평가가 더욱 활발해지기에 나도 즐거울 따름이다.

한 개의 별을 노래하자

한개의 별을 노래하자 꼭 한개의 별을
십이성좌(十二星座) 그 숫한 별을 었지 나 노래하겠늬

꼭 한 개의 별! 아츰날 때 보고 저녁들 때도 보는별

우리들과 아 - 주 친(親)하고 그중 빗나는 별을 노래하자

아름다운 미래(未來)를 꾸며볼 동방(東方)의 큰 별을 가지자

한개의 별을 가지는 건 한개의 지구(地球)를 갖는 것

아롱진 서름 밖에 잃을 것도 없는 맑은 이따에서

한개의 새로운 지구(地球)를 차지할 오는 날의 깃븐 노래를

목안에 핏때를 올녀가며 마음껏 불너보자

처녀의 눈동자를 늣기묘 도라가는 군수야업(軍需夜業)의 젊은 동무들

푸른 샘을 그리는 고달픈 사막(沙漠)의 행상대(行商隊)도 마음을 축여라

화전(火田)에 돌을 줍는 백성(百姓)들도 옥야천리(沃野千里)를 차지하자

다같이 제멋에 알맞는 풍양(豊穰)한 지구(地球)의 주재자(主宰者)로

임자 없는 한개의 별을 가질 노래를 부르자

한개의 별 한개의 지구(地球) 단단히 다저진 그따우에

모든 생산(生産)의 씨를 우리의 손으로 휘뿌려보자

영속처럼 찬란한 열매를 거두는 찬연(餐宴)엔

예의에 끄림없는 반취(半醉)의 노래라도 불너보자

렴리한 사람들을 다스리는 신(神)이란 항상 거룩합시니

새별을 차저가는 이민들의 그 틈엔 안끼여 갈테니

새로운 지구(地球)에 단죄(罪)없는 노래를 진주(真珠)처름 홋치자

한 개의 별을 노래하자 다만 한개의 별일망정

한개 또 한개의 십이성좌(十二星座) 모든 별을 노래하자

출전 - 『風林』(1936.12)

　　　　　　　　　　　- 2004년에 출간된 『생각의 흔적』 중에서

세월호 아이들을 기리며, 팽목항에서 가족과 함께

2부
유성찬 칼럼

인간과 지구환경 그리고 엔트로피

　서기 1804년에 인구가 약 10억 명이 될 때까지 인류의 탄생 이후 약 200만년이 걸렸다. 근대산업혁명 시기를 지나서 1927년경에는 약 20억명으로, 123년만에 10억이 증가하였다. 1960년에는 약 30억, 1974년에 약 40억, 1987년에 약 50억, 2017년 1월 현재 약 74억명, 2050년에는 90억명에 도달할 것이라고 예상된다. 길고 긴 인류의 역사에서 보면 산업혁명 이후 인구가 급격히 늘어난 것은 분명하다. 하지만 지구상에 존재하는 자원과 에너지는 유한하다. 여기서 지구환경문제가 발생한다는 사실을 파악하는 것은 어려운 일이 아니다.

　환경이란 '인간이나 생물에 영향을 끼칠 수 있는 자연적, 사회적 상태나 조건'을 말한다. 넓은 의미로 보면 '세상을 구성하고 있는 모든 존재들'이며 인간을 중심으로 두면, 인간을 둘러싼 모든 생물계, 무생물계 모두를 뜻한다. 환경학에서는 지구환경으로 부르기도 한다. 그리고 다시 강조하건대 지구환경은 유한하다.

지구환경은 4가지 권역, 대류(공기)권, 수(물)권, 생물권, 지질권으로 이루어져 있다. 산업혁명 이전까지는 대류권, 수권, 생물권, 지질권으로 구성된 지구시스템은 에너지와 질량의 흐름이 평형상태를 잘 유지해왔다. 그러나 과도한 자원사용, 인구폭증, 환경오염물질 과다발생 등으로 인해 지구환경은 균형이 깨어졌고 환경문제들이 발생하고 있다.

인간이 자연의 속박으로부터 자유로워지고자 자연개발을 거듭하였으나, 결국에는 자연의 파괴로 인해 인간의 생활이 고통스러워졌다. 현대에 이르러서는 이산화탄소, 메탄가스 등, 지구온난화와 기후변화를 일으키는 온실가스에 의해 인류는 생존을 위협받고 있다.

지구환경은 모든 환경적 요인, 요소가 서로 연결되어 있고 상호작용하고 있다. 석탄 사용으로 인한 스모그로 대기가 오염되면, 그 대기가 산성비가 되어 내리고, 또 그 산성비는 농작물에 해를 끼치고, 지하수 및 토양까지 오염시켜, 강과 바다로 흘러들어 어류에게까지 악영향을 끼쳐 병들게 한다. 그리고 식탁에 올라온 채소나 물고기는 사람의 건강에도 문제를 일으킨다. 인간과 지구환경은 하나인 셈이다.

물리학에서 열역학 제1법칙은 에너지보존의 법칙이다. 어떤 고립된 계(System)의 총 내부에너지는 일정하다는 법칙이다. 열역학 제2법칙은 자연현상에서 사용가능한 에너지가 사용불능한 에너지로 변환되는 현상을 말하며, 이 에너지의 흐름을 '엔트로피가 증가'한다고 규정한다. 즉 열역학 제1법칙은 우주의 에너지 총량은 일정하다는 것이며, 엔트로피 총량은 지속적으로 증가한다는 것이 열역학 제2법칙이다. 우주의 법칙이므로 예외는 있을 수 없다.

다시 환경문제로 돌아오면, 대기오염, 수질오염, 쓰레기 발생 등의 환경오염은 사용가능한 에너지가 사용불가능한 상태로 바뀌는 '엔트로피가 증가'한 상태인 것이다.

석탄을 태울 때, 태우기 전과 후의 에너지 총량은 같겠지만 일부는 아황산가스와 기타 기체로 바뀌어 대기 중에서 남는다. 이 과정에서 사라지는 에너지는 없지만 남은 석탄재를 다시 태워서 보일러를 운전할 수는 없다. 석탄에 있던 유용한 에너지는 손실되었으며, 엔트로피는 증가하였다.

오염이라는 것도 무용한 에너지로 전환된 유용한 에너지의 총량이며, 쓰레기도 흩어진 형태의 에너지이다. 오염이란 엔트로피의 다른 이름이다. 지구환경에서 엔트로피가 증가한다는 것은 미래의 지구상의 생명체에게 유용한 물질의 양이 줄어든다는 것이다.

아내를 따라 전교조 경북지부 행사에

엔트로피를 궁극적으로 역행하는 것은 불가능하다는 것이 과학자들의 결론이다. 맥스웰, 볼츠만은 에너지가 차가운 상태에서 뜨거운 상태로 이동할 수도 있다는 것을 증명해보려고 했으나, 결국 실패했다.

엔트로피 법칙이 우주의 법칙이라면 인류는 겸손하게 이 법칙을 받아들이는 수밖에 없다. 엔트로피라는 세계관을 받아들이는 것, 인간의 유한성을 받아들이는 것, 지구자원의 유한함을 받아들이는 것이 중요하다.

필자는 과학이 있기에 영원한 물질적인 번영이 가능하다는 기계론적 세계관에서 '지구상의 에너지는 유한하다.'는 엔트로피적인 세계관을 받아들일 때, 인류의 새로운 미래가 열린다고 믿는다. 고금(古今)을 떠나, 사람은 우주법칙 앞에서 겸손해야 한다.

또한 현대산업사회에서 재생불가능한 에너지를 기반으로 유지해온 생산방식, 엔트로피를 급격히 증가시키는 생산시스템이 아니라, '지속가능한 인류의 삶'이 유지될 수 있도록. 저(低)엔트로피의 생활방식을 진정으로 모색할 때이다.

기존 자원을 재활용하고, 쓰레기를 줄이고, 자원을 절약하는 등, 엔트로피를 낮추는 생활방식이 우리들 몸에 익숙해지도록 하는 수밖에 없다. 우리의 후손들과 인류의 미래를 위해 엔트로피의 세계관을 받아들여, 이웃에게 좀 더 사람 냄새나도록, 겸손한 인간세상으로 만들어가는 것이다.

인간 또한 지구환경 속의 생물계의 일원일 뿐이라는 생태중심주의적인 환경철학이 성장하고 있다. 최근, 반려동물이 민법에서 물건의 상태에서 벗어나 동물권으로 인정받는 것과 궤를 같이 하는 것처럼.

- 〈경북매일신문〉 2021년 8월 1일

2050 탄소중립과 P4G 정상회의

지구의 기온이 1도씩 오를 때마다 세상은 어떻게 변할까? 환경운동가 마크 라이너스는 '6도의 멸종'이라는 책에서 1℃가 상승하면 매년 30만명이 기후질병으로 사망하고, 2℃가 상승하면 인천공항지역이 침수, 3℃가 올라가면 뉴욕·런던이 침수된다. 4℃가 상승하면 유럽 중앙지역 온도가 50℃가 되고, 5℃가 상승하면 북극온도가 20℃가 되어 얼음이 완전히 사라진다. 또 히말라야의 빙하도 소멸, 바닷가 도시들은 멸망한다고 예측했다.

지구온난화의 마지막에는 '늑대와의 춤을'의 주연, 케빈 코스트너가 주인공으로 나오는 영화 '워터월드'처럼, 인간은 배를 타고 언제나 생명의 위협을 느끼면서 물 위에서만 살아야 한다. 지구는 현재 종말을 향해 달려 가고 있는 것이다.

인류는 유엔차원에서 기후변화와 지구온난화 방지, 곧 지구의 온도가 상승하는 것을 어떻게 막을 것인가? 라는 고민을 해왔고, 그 대책을 1997년의 교토의정서, 2015년 파리기후협정으로 세워 왔다.

2015년 12월, 파리에서 개최된 제21차 유엔기후변화협약(UNFCCC) 당사국총회에서 올해 2021년 1월부터 각국에게 적용될 기후변화대응을 하자고 195개국 모두가 약속을 했다. 그리고 2016년 11월 발효됐다.

교토의정서는 선진국에만 온실가스 감축의무를 부여했지만, 파리협약은 195개 당사국 모두에게 구속력 있는 첫번째 기후협약이라는 점에서 역사적 의의가 있다. 이 와중에 트럼프의 명령으로 2017년 미국이 파리협약에서 탈퇴하였다가, 바이든이 대통령이 된 2021년 올해, 파리협약에 복귀하였다. 바이든 대통령을 믿어보자.

기후변화대응과 지구온난화 극복은 궁극적으로 산업과 생활에서의 탄소중립으로 표현된다. 탄소중립은 인간생활과 산업활동에서 배출한 이산화탄소를 다시 흡수해 실질적인 배출량을 0으로 만드는 것을 말한다. 파리협약의 목표도 탄소중립이다.

2015년 파리협약 당시에는 2030년까지 지구 평균기온 상승을 산업혁명 이전 대비 섭씨2도 이내로 제한하고, 되도록 1.5도를 넘지 않도록 노력하자는 내용을 담았다. 하지만 2018년 10월 인천 송도에서 개최된 제48차 기후변화 정부간협의체(IPCC)

총회에서는 2030년까지 섭씨 2도가 아닌, 명확히 섭씨 1.5도 이내로 제한해야 한다는 더 강력한 내용의 합의문이 선언되었다.

그리고 우리 정부는 2020년 12월 7일, 탄소중립 추진전략으로 '경제구조의 저탄소화', '탄소중립 사회로의 공정전환', '탄소중립을 위한 제도적 기반을 강화' 등을 발표했다.

'2021 P4G(녹색성장 및 글로벌 목표 2030을 위한 연대-Partnering for Green Growth and the Global Goals 2030)'가 지난 5월 30~31일, 서울에서 열렸다. P4G 서울정상회의는 세계가 탄소중립을 향해 본격적인 행동을 시작하는 첫해에 세계적인 이슈이자 전 지구적 생존과제인 기후변화대응, 탄소중립의 환경분야에서 대한민국의 위상을 알게 해준다.

우리나라는 대내적으로 한국형 그린뉴딜로, 국제적으로는 P4G를 통해 지구촌을 기후변화대응과 탄소중립사회로 이끌어가고 있는 셈이다. 또 전세계의 121개 국가가 '2050 탄소중립 목표 기후동맹'에 가입한 상황이고, 우리나라도 작년 2020년 10월, 2050 탄소중립국 실현 선언을 하였다.

P4G는 정부기관과 기업·시민사회 등 민간부문을 포함한 온 사회가 참여해 기후변화에 대응하고 지속가능한 지구촌을 만들기 위한 국제적인 협의체이다. 국제사회와 민관이 공동으로 기

후변화대응에 대한 협력과 탄소중립을 이행하고 인도, 멕시코, 베트남과 같은 개발도상국과 협력도 강화해야 한다. 그 이유는 지구를 지키는 일은 민과 관이 따로 있는 것도 아니고, 전세계인의 이슈이기 때문일 것이다.

P4G에는 한국과 덴마크, 네덜란드, 베트남, 멕시코, 남아공 등 12개국 중견국과 SK텔레콤과 도요타, 네슬레, 델 등 140여 개의 세계적 기업, 세계경제포럼과 도시기후리더십그룹, 기후정책이니셔티브 등 기관과 시민사회도 파트너로 참여하고 있다. 최근에 SK그룹이 환경부문 기업들을 사들이고 있는 상황과 무관하지 않다.

코로나19 팬데믹은 위기이자 기회이다. 우리나라는 코로나19 방역의 모범국가이고, 코로나19이후에 미래환경산업과 4차 산업혁명에 걸맞는 고용창출을 준비하는 한국형 그린뉴딜 정책과 반도체생산 국가로서의 면모는 세계의 모든 국가들이 한국을 부러워 하고 있다.

반대로 코로나19로 인해 도쿄올림픽이 위태로운 일본은 성노예전범국가임을 부정하고 전세계인을 향해 거짓과 위선으로 대응하고 있다. 스가총리의 G7회의에서의 행태와 도쿄올림픽의 불안정성에 대해서는 측은한 마음마저 든다. 경북도의 땅 독도를 탐내는 것을 혼내기 위한 하늘의 노여움인지도 모르겠다.

신재생 에너지와 탄소제로의 미래산업을 선도하는 탄소중립 선진국 대한민국을 다시 한번 기대해본다.

– 〈경북매일신문〉 2021년 6월 27일

2007년 5월 유엔환경프로그램(UNEP) 행사에 참가, 모나코

코로나19 팬데믹과 지속가능한 사회

2019년 12월 31일 중국 우한에서 정체불명의 폐렴 환자가 발생했다는 사실이 세계보건기구(WHO)에 보도되면서 전 세계에 알려졌다. 그리고 2019년에 발생한 왕관처럼 생긴 바이러스이기에 코로나19(COVID-19)라고 부르기 시작했다. 이때만 해도 코로나19가 온 지구를 휩쓸 팬데믹이 될지는 알 수 없었다.

그러나 지금 우리 모두는 마스크를 쓰고 있고, 코로나19는 현재까지 왕성하게 활동 중이다. 또 변종바이러스로 인해 어느 시점까지 진행될지 알 수도 없다.

코로나19 발생의 원인에 대해 말이 많기도 했었지만, 이제 정설(定說)로 자리 잡은 것은 수산물을 판매하던 중국 우한의 화난수산시장의 야생동물들로부터 발생했다는 설이다. 중국정부는 우한이 코로나19의 발원지라는 의혹을 부인하고 있지만 말이다.

전염병의 세계사에서 6세기 콘스탄티노플 비잔티움제국의

유스티니아누스1세 때의 전염병은 전 세계 인구의 절반인 5천만여명을 죽음으로 몰았다고 전해진다. 14세기 유럽의 페스트는 유럽인구의 3분의 1을 사망하게 하였다. 또 천연두는 1796년 세계 최초로 백신을 개발하였음에도 20세기에만 3억여명이 죽었다. 1차세계대전이 끝난 1918년경에는 스페인 독감으로 지구상에서 약 1억명이 사망했다. 이 사망 숫자는 당시의 1차세계대전에서 사망한 군인의 수보다 훨씬 더 많다.

전염병이 어디에서 오는지? 빅히스토리에서는 인간이 수렵채집사회에서 농경사회로 발전해가면서 짐승을 집에서 기르게 되었고, 이때 가축으로부터 건너온 인수공통감염병이 인간으로 전이 되어 왔다고 보고 있다.

신대륙 발견의 사실(史實)을 보면, 인간에 의한 감염도 끔찍하다. 스페인 군인들이 아메리카 대륙으로 들어가 아즈텍문명을 무너지게 한 것은 군대가 아니라 군인들이 퍼트린 천연두이다. 전혀 새로운 세균, 바이러스를 만났을 때는 인간종(人間種)이 완전히 괴멸할 수도 있다는 역사적 증거인 셈이다.

그리고 현대에서는 인간의 자연개발과 환경파괴로 인해, 인간이 이제까지 경험하지 못한 바이러스가 퍼지기 시작한다. 브라질, 아프리카, 동남아시아 등의 밀림을 개발하게 되고 밀림에 있던 야생동물인 박쥐로부터 새로운 바이러스가 인간에게 넘어

온다는 것이다. 에볼라도, 사스(SARS)도, 코로나19도 인간의 자연 파괴에서 발생하였다. 여기에서 인류가 자신들의 생존을 위해서라도 '지속가능한 발전'이라는 철학과 목표를 세우지 않을 수 없다.

강한 놈만 살아남는 적자생존, 승자독식, 비양심, 비인간성, 무분별한 자연훼손 등을 극복할 수 있는 생명에 대한 외경, 자연에 대한 존중, 생태적 자연관 등 인간과 자연이 공존하고 공유하는 휴머니즘적 생태주의 가치를 되돌아봐야 한다.

1992년, 브라질의 리우데자네이루에서 유엔환경개발회의가 열렸다. 그 회의의 결과로 지구의 환경을 보전하기 위하여 '세계 각국의 정부는 지속가능한 발전을 하여야 한다.'는 명제를 기본원칙으로 결정하였다. 그리고 우리나라에서도 각 지방자치단체에 '지방의제21'라는 단체가 만들어지기 시작했다. 지방의제21은 리우데자네이루 회의의 결과물이다. 거버넌스(협치)라는 말이 유행하기 시작했고 시민사회와 지방정부가 환경문제에 대해 협의하는 문화가 생겼다. 이는 지역사회를 녹색환경사회를 목표로 변화시켜 나가자는 취지에서 보면 의미가 크다.

그리고 리우데자네이루 회의에서 합의한 '지속가능한 발전'의 개념은 미래 세대에게 필요한 환경과 자원들을 충족시킬 능력을 저해하지 않으면서 현세대의 필요를 충족시킨다는 의미를

김경수 경남도지사와 함께, 경북시민참여포럼 회원들과 김해 봉하에서

말한다. 환경보전과 경제성장이 후세대까지 지속되도록 지향하고 발전시켜야 한다는 뜻이기도 하다.

산업혁명이후 인류는 탄소, 즉 석탄과 석유 없이는 산업활동을 유지할 수 없었다. 농업생산력 증가로 인해 인구 또한 기하급수적으로 증가하였고, 지구의 일부분이었던 인류로 인해 지구가 무분별하게 파헤쳐졌다. 산업활동을 정지하거나 제어하지 않으면 인간은 지구를 막다른 절벽으로 몰아가고 있는 것이다.

코로나19의 발생원인이, 돈이 된다면 지구 끝까지 개발해나가는 황금만능주의적 자본주의, 열대우림의 남벌, 야생동물에 대한 침해, 툰드라 냉대지대의 해빙으로 나타난 신종바이러스에 기인한다면, 코로나19바이러스는 언제나 인간에게 노출되어 있고 일상적으로 팬데믹을 일으키게 된다. 지금의 마스크를 벗어 던질 수가 없다. 이게 사람의 삶인가? 그 즐겁던 소풍도, 아이들의 웃음도, 노인들의 고즈넉한 산책도 디스토피아가 되는 것이다.

지속가능한 사회가 아니라, 무한경쟁으로 인해 인류가 망해가고 있는 내일을 다시 한번 더 생각해보자. 이산화탄소와 메탄가스로 인해 지구는 뜨거워져 가고, 그로 인한 기후변화가 우리의 아이들, 가족들의 아름다운 삶을 사라지게 할 수 있다. 그렇다면 서로 이웃을 사랑하고, 이웃의 삶에 대해 공감하고, 경쟁보다는 공존공영, 나눌 줄 아는 삶이 얼마나 즐거운 삶인가?

- 〈경북매일신문〉 2021년 5월 30일

두 편의 아랑 드롱의 영화, 그리고 죄와 벌

　필자는 포항의 D중학교를 다녔다. D중학교는 D상고, D여상, D여중과 같은 재단 소속이고 '영일만 포항하면…'으로 시작되는 교가가 모두 같았다. 선생님에 대한 경외감이 높았던 까까머리 중학생 시절, 당시에 배웠던 교육과목 중에 상업이 있었다. 1970년대 은행원이 '꿈의 직장'으로 인정받던 사회적 분위기인 탓에 D상고의 아래 학년인 D중학교는 단식부기, 회계의 기초를 가르쳤던 것이다.

　재무제표, 즉 대차대조표, 손익계산서, 잉여금처분계산서를 배웠던 것이 중학교 2학년 때인 1978년이다. 재무제표를 읽는 것은 회계학의 기초 중의 기초이고, 수천억, 수백억 단위의 환경재정을 읽어내는 것은 금액의 규모가 다를 뿐 원리는 같은 것이다. 그래서 필자가 맡고 있는 감사 업무에 작은 도움이 되고 있기에, 세상에는 다 인연이 있다는 것을 깨닫게 된다.

　1978년 우리들에게 상업을 가르친 선생님은 여성분이셨는데, 상업과목의 교육과정뿐만 아니라, 다양한 시사적인 이야기도 많이 해주셨다. 기억에 또렷이 남아 있는 것은 '아랑 드롱' 주연의 프랑스 영화 '부메랑'에 대한 내용이다. 그 얼마 뒤에 부메랑을 극장에서 보았던 기억도 있다.

부메랑은 호주의 원주민들이 새를 사냥할 때 사용하던 도구이다. 목표를 향해 부메랑을 날리지만, 목표에 적중하지 않으면 던진 사람에게로 돌아오는 성질이 있다. 또 그 효과를 부메랑 효과라고 부른다,

무일푼에서 시작하여 운송사업 거물사업가로 성공한 아버지, 쟈크(아랑드롱 역)는 부성애가 강한 사람이다. 어느 날, 철없는 아들이 마리화나를 피운 환각상태에서 실수로 경찰관을 사살하게 된다. 아들을 구하기 위해 사회적 힘을 이용해 손을 쓰지만, 언론에 아들 사건이 표적이 되어 과거 아버지의 행적이 알려지게 된다, 젊은 시절 암흑가의 보스였던 것이다. 존경해 마지않던 사장님의 과거를 알게 된 직원들의 눈을 유리창 너머로 의식하면서 사무실 복도를 걸어가던 장면이 선하다.

그 아버지의 그 아들, 실수에서 살인으로 여론몰이를 당하게 되고, 이제는 아들이 극형에 처하게 될 처지가 된다. 아버지는 아들을 구하기 위해 다시 암흑가를 찾아가게 된다. 죄수 호송중인 차량을 습격하여 아들을 구출하여 이탈리아 국경을 넘기 위

포항 송도 고향동네 골목길에서, 2002년

하여 아들의 손을 잡고 언덕을 뛰어간다. 아버지와 아들의 뒤를 추격하는 경찰 헬기에는 실탄을 장전한 저격수가 이들을 조준하고 있다. 200미터의 언덕을 넘어가면 되는데, 여기서 영화는 끝난다.

필자의 마음을 움직이게 한 아랑드롱의 영화가 하나 더 있다. '암흑가의 두 사람'이라는 제목의 영화이다. 1973년 작품인데 필자는 1978년에 극장에서 보았던 것으로 기억한다. 전과자의 삶은 괴롭다. 마음을 착하게 먹고, 사회에 적응하고 자신을 변화시키려고 하나, 이웃의 시선이 따가운 것이다. 그래서 또 사고를 치고 감옥을 들락거리는 것이 소설 속의 전과자 인생의 전형이다.

지노(아랑 드롱 역)는 은행 강도 혐의로 수감되었던 사람이다. 12년의 형기를 받아 10년간 감옥살이를 하였다. 아내의 헌신과 사랑, 보호관찰관 제르망(장 가뱅 역)의 조언과 보살핌, 보증으로 가출옥 되어 감옥을 나온다. 그러나 지노는 운이 없다. 10년이나 자신을 기다려준 아내 소피와 따뜻한 가정을 다시 만들고 인쇄공으로서 성실하게 일을 하지만, 제르망 가족과의 피크닉을 마치고 돌아오다 자동차 사고로 사랑스런 아내를 잃게 된다. 이후 다시 제르망은 암담한 절망 속에 빠진 지노를 격려해주며, 보호관찰관의 역할을 넘어 '진정한 이웃'이 되어 준다, 다시 용기를 낸 지노는 어릴 적 친구였던 루시와의 우정을 애정으로 싹트게 하고 일상의 평온함을 찾아 간다.

영화에는 지노를 다시 범죄에 끌어들이려는 '나쁜 친구들'도 나오고, 지노의 뒤를 계속 캐고 다니는 형사 그와뜨로도 있다.

그와뜨로는 전과자 지노의 개과천선을 믿지 않는다. 또 나쁘게도 지노의 애인 루시에게 접근하여, 지노의 과거 범죄사실을 알려주며, 다른 범죄에 대한 거짓 진술을 받아내려 괴롭히기도 한다. 여기서 지노는 분노를 참지 못하고, 경찰관 그와뜨로를 살해하고 만다. 지노의 살인사건에 대한 재판이 열린다. 증인으로 나온 제르망은 지노의 "잘못과 행위에 대한 이해가 있어야 올바른 판단을 할 수 있다."고 재판장에게 호소를 하나, 재판관은 낙서를 하고 있고 배심원은 졸고 있다. 결국 지노에게 사형선고가 내려진다. 영화는 전과자를 둘러싼 사회적 환경에 대해 비판의식을 표현하고 있다.

프랑스에는 단두대 '기요틴'이 있었다. 사형집행인에 의해 와이셔츠 목 테두리 부분이 가위로 잘리어지고, 지노는 단두대 앞으로 끌려간다. 사형집행인에 의해 끌려가며 제르망에게 '무서워요'라고 말한다. 애처롭다. 또 기요틴의 칼날 앞에서 뒤돌아보는 지노의 낯빛은 극적으로 하얗다. 그리고 마지막으로 기요틴의 칼날이 '철커덩' 내려오며 영화는 막을 내린다.

1978년 D중학교 학생시절에 필자가 다니던 신문보급소에서 신문지 속에 넣던 '영화홍보지' 덕분에 거의 매달 한 편씩의 영화를 보았던 것 같다. 아랑 드롱 주연의 '부메랑', '암흑가의 두 사람'. 이 두 편의 영화는 사회의 어두운 부분에 대해 사회적 관심이 필요함을 이야기하고 있다. 또 '사람이 어떻게 살아야 하는지'를 배울 수 있는 반면교사의 가르침이 있고 음미해볼 만한 내용이다. 그리고 필자에게는 학교수업만큼이나 교양의 영양분으로 가슴속에 쌓여, 현재 환경분야의 감사업무에 도움이 되는 감사철학으로 자리 잡았을 만한 스토리이다.

- 〈대경일보〉 2020년 9월 14일

이번 추석에는 '세상에 다시없는 내 편'일지라도

인간의 삶은 본질적으로 홀로 태어났다가 혼자 가는 것이다. 요즘의 세태에서는 부모가 어떤 사람인가에 따라 금수저인지, 은수저인지, 아니면 흙수저인지 달라지겠지만, '인간이 홀로 왔다 홀로 가는 것은 예외 없이 누구에게나 다 같다.'라는 의미이다.

그리고 인간 세상에서 흙수저 출신의 사람이 금.은수저 보다는 월등하게 많을 것이기에, 내 아닌 다른 흙수저의 삶이 고통을 겪을 때 같이 가슴 아파하고, 기뻐할 일이 생겼을 때는 자신의 일인 양 기뻐하든가 부러워하며 공감한다. 이것이 인간이다. 공감하는 인간이다.

필자는 부족주의라는 사회적 개념을 반은 인정하고, 반은 반대한다. 실제로 많은 사람들이 작든 크든, 그룹 또는 공동체를 만들고, 그 모임 속에서 자신의 정체성과 연대감을 찾고 활동한다.

부족주의는 같은 부족에게는 동질감과 공동의 이익을 추구하고자 하며, 다른 부족에 대해서는 배타적인 행동을 하게 한다. 토트넘의 손흥민과 토론토의 류현진에게 열광하는 우리자신의 모습을 보면 금방 알 수 있는 얘기이다. 하물며 월드컵, 올림픽에서 국가별로 경쟁하는 국제스포츠경기에서는 두 말할 것도 없다.

현대사회에서 인간은 이성이 있기에, 생명과 인권을 유린하는 부족주의에는 용납하지 않는다고 생각하지만 다 그런 것은 아닌 것 같다. 히틀러의 유대인 학살, 스탈린이 정치적 반대자들을 처형한 행위가 현대의 역사를 거치면서 사라졌다고 자신했지만, 보스니아 내전, 아프리카의 수단, 시리아 내전, 미얀마 로힝야족 학살 등의 예를 보면 종족, 종교가 다르다는 이유로 집단학살행위를 스스럼없이 행한다. 인간은 같은 '사람 종'이었던 네안데르탈인을 멸종시킨 '부족주의 DNA'가 호모사피엔스의 유전자 속에 아직도 남아 있는지 모를 일이다.

인간이 겪는 생로병사(生老病死)의 생애주기에서, 인생의 희로애락을 겪는 것을 가장 가까이에서 지켜보고 잘 아는 사람은 '부족의 가장 작은 단위'인 가족이라는 존재이다. 청소년기에는 친구가 최고이고, 친구 따라 장에 가고, 친구 따라 학교를 다닌다. 하지만 엄마 없이는 생존자체가 어려운 영아기부터 청소년기까지 그 인간 개체를 가장 잘 기억하는 사람은 바로 그의 가족인 것이다. 그래서 한 사람의 인간을 기억하고자 할 때에, 그의 가족들로부터 어린 시절의 추억을 물어보는 것이 그이의 인간적인 모습을 가장 잘 알 수 있는 방법이기도 하다. 그러니까 가족은 인간 개체의 추억을 공유하는 사회적 존재이다.

몇 년 전에 '세상에 다시없는 내 편, 가족'이라는 책이 출간된 적이 있다. 조선시대 유교사회에서 가족의 소중함을 얘기한 책인데, 가족에 대한 사랑을 되새겨 보고 싶은 분들에게 이 책을 한번 읽어 볼 것을 권한다. 자신의 가족에 빗대어 옛날 기억이 새록새록 살아날 것이기 때문이다.

가족은 부족의 개념에서 가장 작은 단위인 셈이다. 씨족, 부족, 민족의 단위로 분류하는 구분에서 씨족보다도 더 작은 공동체가 가족이다. 가족은 성가(成家)를 하여 집 떠나기 전까지, 한 집에 살며 인생의 희노애락을 같이 느끼며 울고 웃는다. 고사리 같은 손으로 먹으로 장난치던 딸, 아들을 얻었을 때 세상을 다 얻은 것 같은 기분, 꽃다운 모습이었던 아내가 늙어갈 때, 서울 간 오빠가 꽃신을 사온다고 약속해줄 때, 가족은 우리 자신의 모든 것이다. 그리고 가족의 구성원 하나하나를 기억한다. 아들이 장성하는 모습을 기뻐하기도 하고, 노인들은 같이 나이 들어가는 인생이 서럽다. 곰곰이 생각해보면 인간이 기억하는 추억은 기쁜 일보다는 슬픈 일이 더 많다. 그래서 인생이 고독하고 우울하다.

추석이 다가왔다. 추석이라고 하면 부모님이 묻혀계시는 산소에 아이들 데리고 성묘 가는 것이 가장 훌륭한 일이다. 산소 앞에서 우리가 가족이었다는 것을 확인하고, 자식에게 가족의 중요함과 가족사를 얘기한다. 부모님께서 우리를 키우시면서 고생하셨던 일, 어릴 적에 넘어져 크게 다친 일 하며, 국민학교에 입학한 날, 졸업하던 날, 그 숱한 애잔함이 묻어나는 기억들을 살려 후손들에게 전달하고자 한다. 그게 가족이다. 그리고 모두가 위대한 엄마의 대단한 아이들이다.

그런데 이번 추석은 마스크를 쓰고 지내야 한다. 가족나들이도 어렵다. 가족을 만나지 않는 것이 가족을 위하는 길이다. 온 지구를 코로나19가 뒤덮었고, 팬데믹이다. 자칫 잘못하면 코로나19 바이러스에 노출되어 생명이 위험해질 수 도 있다. 'K-방역 사회적거리두기 2단계'가 계속 유지된다면, 국가경제도 우리네 경제생활도 어렵게 된다. 답답하기 그지없지만 참고 견디는 수밖에 없다. 그것이 최선이다. 다른 방법이 없다. 나 자신 외에 가족과 부족공동체와 나라를 위해서 그렇게 해야만 한다.

이번 추석이 K-방역 성공여부의 분기점이 될 수도 있다고 하니, 우리 모두 최선을 다하여 가족과 이웃사촌의 건강을 지키기 위하여, 자중자애(自重自愛) 하면서 집에서 머물러야 성공적인 추석이 될 것이다.

마지막으로 성가를 하여 집 떠난 딸이 가족에 대한 그리움으로 지은 시, 국어 교과서에서 배웠을 시조 한 수를 들으며 다가오는 추석과 가족을 되새겨보자.

필자의 가족

사친가(思親歌)-신사임당

산첩첩 내 고향 천리 여만은

자나 깨나 꿈속에도 돌아가고파

한송정 가에는 외로이 뜬 달

경포대 앞에는 한줄기 바람

갈매기는 모래 위에 헤이락 모이락

고깃배는 바다 위로 오고 가리니

언제나 강릉길 다시 밟아 가

색동옷 입고 앉아 바느질 할꼬

千里家山萬疊峰(천리가산만첩봉)

歸心張在夢魂中(귀심장재몽혼중)

寒松亭畔孤輪月(한송정반고윤월)

鏡浦臺前一陣風(경포대전일진풍)

砂上白鷗恒聚散(사상백구항취산)

海門漁艇任西東(해문어정임서동)

何時重踏臨瀛路(하시중답임영로)

更着班衣膝下縫(갱착반의슬하봉)

- 〈대경일보〉 2020년 9월 28일

기후재난과 가난한 사람들

기상이변, 약간의 메카니즘을 알아보자. 2014년, 500년 만의 가뭄이 미국에 닥쳤다. 미국서부는 폭염에, 시카고는 영하 30도, 동부의 뉴욕은 혹한의 기상이변으로 자연재앙이 일어났다. 그리고 영국에서는 250년 만의 폭우와 홍수로 템즈강이 범람하였다.

왜 이런 기상이변이 일어날까? 기상학자들은 원인을 지구대기에서 찾는다. 그리고 제트기류의 이상한 변화에 주목을 한다. 제트기류는 대기 상층부에서 수평방향으로 파동모양을 나타내는 강한 바람이다. 제트기류는 지구의 북반구 중위도 지역에서 북쪽의 찬공기와 남쪽의 따뜻한 공기를 섞어주며 파동을 형성한다. 그래서 중위도 지방은 비교적 온화하다. 지구대기의 열균형을 제트기류가 유지해주는 것이다.

그러나 2014년 1월은 달랐다. 세계 곳곳에서 기상이변이 일어났다. 지구는 하나의 자연스러운 유기체 같은 것인데, 제트기류의 파동이 한 곳에서 멈추었던 것이다. 북미지역에서 열교환이 일어나지 않게 된 것이다. 그리고 기상이변을 불러왔다. 미국 서부에는 따뜻한 공기가 정체되고, 동부에는 북극의 차가운 공기가 하향하여, 가뭄과 혹한이라는 기상이변이 일어난 것이다.

북아메리카의 비정상적인 제트기류는 대서양 건너 영국에도 영향을 끼쳤다. 습기가 차가운 공기를 밀고 올라가, 폭우로 변하게 되어 영국은 겨울장마로 곤욕을 치렀다.

제트기류가 한 장소에 머물렀던 원인은 무엇일까? 당시 인도양의 상태에 대해 알아보자. 제트기류 정체와 바닷물 온도상승이 연관되어 있음을 이해할 수 있다.

인도네시아 동부 렘봉안 섬은 해초양식으로 주민들이 생활하는 곳이다. 그런데 2014년 1월의 해초양식은 40%이상 폐사하여 망쳐버렸다. 직접적인 원인은 29도의 평년 해수면온도 보다 0.5~1.0도 높았던 온도였다. 인도양의 렘봉안 섬의 부근 바다 온도가 높아진 것이다.

해수면이 뜨거워지면 수증기가 발생한다. 수증기는 해수면의 열기를 품고 위로 올라가게 되고, 위로 상승한 수증기는 합쳐져 응축된다. 이때 수증기는 열기를 방출한다. 구름이 생길 때마다, 엄청난 열기가 상공의 대기 속에 방출된다.

인도네시아 상공의 열에너지는 점점 높아진다. 이 엄청나게 축적된 열에너지가 제트기류에 영향을 주었고, 제트기류의 이동축이 밀려올라가 지속되었다. 제트기류가 한 곳에 정체된 것이다. 적도부근의 기온상승이 지구 전체에 기상이변을 일으킨 것이다.

베트남 바닷가의 물에 잠긴 성당건물은 기상이변의 상징적인 모습이다. 성당도 물에 잠기고, 농토도 사라져 마을주민들의 생활 터전을 잃었다. 2013년 베트남을 덮친 태풍이 9개였다. 사상 최대였다. 또 베트남의 바닷가 마을에는 해안침식이 일어나 8년 사이에 240m정도로 해안가가 육지로 올라가 바다 속으로 사라졌다. 사람들이 기존의 해안가에 거주할 수 없게 된 것이다.

또 인도양의 해수면 온도는 50년 사이에 0.6도가 올랐다. 구름이 많아지고, 강우량도 태풍의 세기도 커진다. 인도양 국가들의 태풍피해는 어마어마하다. 방글라데시에서만 400여만 명의 이재민이 발생하였다. 갠지스강 하류의 가부라마을은 몇 년 전까지 곡창지대였지만, 지금은 집중호우로 농사를 망쳐 사람이 살 수 없게 되었다.

방글라데시의 수도 다카에는 가난한 사람들이 모여든다. 해수가 높아지고, 농경지도 사이클론(태풍)으로 인해 사라진다. 21세기 중반에는 방글라데시의 인구15%인 2천6백만명 정도가 고향을 떠나 난민이 될 것이라 학자들은 예측한다.

2012년 대만에서는 6일간에 3000mm의 집중호우로 인해 400명의 사람들이 죽고 한 마을이 사라져버렸다. 물이 암반을 들어 올려 심층붕괴 산사태가 일어난 것이다.

2020년 올 여름 우리나라에서도 집중호우로 인해 40여명이 사망하였고 경북 봉화, 전남 곡성, 전북 남원, 경기 이천, 경남 하동, 충북 단양 등 많은 지역이 특별재난지역으로 선포되었다.

세상만물은 인과관계의 연속이다. 기상이변의 근저에는 지구 온난화, 기온상승이라는 원인이 있다. 제트기류의 파동정지, 적도기온 상승, 해초양식업 파괴, 태풍으로 인한 피해, 집중호우, 홍수와 가뭄, 심층붕괴 산사태 그리고 기후난민, 이 모두가 연결되어 있다. 어디서부터 해결의 실마리를 찾을 것인가? 결국 이상기후를 불러오는 온실효과, 지구온난화, 탄소산업경제를 확실하게 관리해야 하는 것이다.

이 지점에서 필자가 가장 걱정하는 것은, 거창한 주제의 인류가 아니라 실존하는 인간의 삶이다. '엄마를 잃은 방글라데시의 아이들'과 저개발 국가들에게 일어나는 기후재난상황이다. 선진국들은 어떻게든 기상이변에 대응해서 먹고 살 능력이 있지만, 가난한 나라의 가난한 사람들은 그냥 고향을 떠나든지, 가난하게 죽어가야만 한다.

2011년 9월, 포항바이오파크를 방문한 유시민대표님과 함께

　　기상이변에 대한 필자의 관점은 기후변화가 세계적인 문제이지만, 저개발국가의 지구온난화, 기후변화 대책이 우선적으로 해결되었으면 하는 점이다. 기후변화를 일으킨 나라는 선진국이다. 지구라는 세상에 같이 태어나 동시대를 살아가지만, 피해자는 저개발국가의 가난한 사람들이다.

　　또한 세계동포주의의 정신과 이웃사랑의 마음으로 우리 자신도 태풍으로 피해를 입은 우리의 이웃들을 돌아보아야 할 때인 것 같다.

- 〈대경일보〉 2020년 8월 27일

삶이 우리를 속일지라도

대전에서 문경으로 오려면 詩人 정지용의 생가가 있는 옥천을 거쳐 속리산의 보은 지방을 지나 상주 방향으로 와야 한다. 충북 영동지방과 경북의 서북부지방이 만나는 높은 고산지대를 지나면서 버스는 달리게 된다.

그 길을 오다보면 '효자 정재수 기념관'이라는 이정표를 보게 된다. 그 지역이 상주시 화서면이다. 필자는 '이 지역에 조선시대의 효부나, 열녀처럼 효자가 있었나보다.' 라고 생각하며 넘겼는데, 어느 날 문득 궁금해서 '효자 기념관'에 가보니 초등학교 때 본 문화영화 '아빠하고 나하고'의 실제 주인공이라고 적혀 있었다.

1974년 1월 눈보라치던 어느 날, 설을 지내려고 아버지와 함께 집에서 12㎞ 떨어진 충북 옥천 큰집에 가던 중, 술에 취해 눈길에 쓰러진 아버지를 살리려고 제 옷을 벗어 아버지를 따뜻하게 하다 함께 얼어 죽은 슬픈 이야기를 그 기념관에서 영화로도 볼 수가 있었다.

그래서 상주시는 이러한 정재수군의 효도의 마음을 기리고, 현대에 들어 잊혀져가고 있는 효 사상을 고취시키고자 그의 모교인 화서면 구 사산초등학교에 '효자 정재수기념관'을 건립하였다고 한다.

필자는 어린 아이를 데리고 폭설이 내리는 산을 넘어가는 아버지의 무능력함이 너무나도 밉고 안타깝다. 그리고 술에 기대어 살아가는 사람의 천박함을 다시 한번 싫어하게 된다. 가족과 아이들을 책임지려는 가장에게 건실함과 올바른 상황판단은 당연한 일인 것이다.

오순도순 성실히 살아가는 가정에서, 외투를 설빔으로 받게 된 아이들의 웃음소리, 그 외투를 사다준 아버지와 어머니를 너무도 좋아했을 행복감, 그러다 술에 취해 쓰러져있는 아버지를 덮어주며 절망했을 아이의 그 마음을 읽노라면 눈시울이 뜨겁다.

또 아버지와 아이가 눈 속에서 얼어 죽은 그 다음날, 아이의 눈가에서 얼어붙은 눈물 자국이 발견되었다고 한다. 그 어린 아이가 자신의 추위에는 아랑곳하지 않고 부모로부터 설빔으로 받은 외투를 벗어, 사랑하는 아버지를 감싸 안고 죽어가면서 흘린 눈물의 의미는 무엇이었을까?

이 물음에 가슴이 미어지지 않는 이 누가 있으랴?

가족 모두가 노무현대통령 묘소에서, 2010년

이성(理性)이 다 자라지 않은 어린 나이이지만, 감당하기 어려운 상황 속에서 인간이 되기에 최선을 다했던 어린 정재수에게 끝없는 사랑을 보낸다.

올 해도 저물어 가고 있다. 초등학교 시절 배운 구두쇠 '스크루지 영감'이 나오는 '크리스마스 캐롤'이 떠오르는 계절이 된 것이다. 찬바람 불고 얼음이 얼고, 눈보라가 몰아치게 되면 가족의 안녕을 걱정하며 '이 추운 겨울을 어떻게 날 것인가?'를 고민하게 되고 개척하는 것이 인간생활의 연속이었다.

2001년 겨울, 포항 송도바닷가에서

추운 겨울을 극복하며 새봄을 기다리는 날들 속에서 특별하게 이기적인 인간이 아니라면 가족의 안녕과 행복을 넘어서 이웃의 고단한 삶에도 걱정을 하게 되는 것이 인지상정(人之常情)이다. 그래서 안데르센 동화속의 '성냥팔이 소녀'의 불쌍함에 가슴 아파하며, 자신의 아이들에게 측은함과 사랑에 대해 가르치게 되는 것이다.

인간에 의한 서로에 대한 사랑은 여러 가지로 표현된다. 우리고대사에 나타나는 제세광명(濟世光明), 홍익인간(弘益人間)과 예수 그리스도의 박애, 부처의 자비, 공자의 인(仁), 맹자의 인의설(仁義說) 등 모두가 인간을 사랑하는 방법에 대해 논한 사상들이다. 모두 좋은 말이고, 배우고 따를 만한 교훈들이다.

그러나 이를 실천하는 것은 결코 쉬운 일이 아니다. 특히 자신의 희생을 감수해야 하는 일이라면 인간은 고민하기 마련이다. 그래서 '선(善)은 타고나는 것' 또는 '교육을 통해 후천적으로 만들어지는 것'이라는 논쟁도 생겼을 것이다.

필자는 인간 스스로가 가지는 인간에 대한 애정, 감정 그리고 이성을 믿는다. 인간이 원래 선하다는 맹자의 성선설(性善說)이나, 인간은 자연 속에서 짐승과 다를 바 없으며 가르침에 의해 선해진다고 한 성악설(性惡說)같은 현학적 논리를 따라가고 싶은 마음은 추호도 없다.

결국 인간의 삶 속에서 자신의 이익에만 매몰된 즉자적인 인생이 아니라, 남을 배려하는 공동체 정신으로 대자적인 판단을 하고 행동하는 인간의 이성이 존재할 것이라고 회의적이지만 믿는 수밖에 없다. 왜냐하면 이것이 혼란스럽기도 하고 아름답기도 한 세계질서와 우주적 본질에 선행하는 현재 우리의 실존에 희망을 주기 때문이다.

- 〈경북매일신문〉 2005년 12월 19일

알베르 까뮈와 '역사 바로 세우기'

알베르 까뮈 의 소설 중에 〈작업 중인 예술가〉라는 부제가 붙은 〈요나〉라는 단편작품이 있다. '이방인', '시지프의 신화'를 대표로 하는 '부조리 문학'의 알베르 까뮈가 현실에서 실재 존재하는 인간의 내면을 그린 작품이 바로 〈요나〉이다.

이 〈요나〉라는 작품의 주인공은 화가인데, 소설의 마직막에 '그 화가가 그림을 그린다고 천장의 다락방에 올라가서는 내려오지 않아, 가족과 친구, 화가의 팬들이 올라가 봤더니 화가는 쓰러져 있고, 죽어가면서 캔버스에 희미하게 써놓은 글씨가 solidaire 인지, solitaire 인지 분간할 수 없었다.' 라고 끝을 맺는다.

프랑스어로 솔리떼르(solitaire)는 '고독'이라는 뜻이고 솔리데르(solidaire)는 '연대' 라는 말인데 낱말속의 한 글자가 'd'인지 't'인지 분명하지 않는 인간의 존재의식을 표현하려고 한 까뮈의 문학관을 알 수 있다.

죽도시장 유세에서, 2012년

그리고 또 프랑스에는 유명한 소설가 〈앙드레 말로〉가 있다. '앙드레 말로'는 프랑코 독재에 맞서 스페인 내전에 참가한 헤밍웨이와 더불어 르뽀르따주(reportage)문학을 개척한 사람이기도 하다. 직접 총을 들고 전쟁의 현장에 참여하며, 그 기록을 소설로 승화시킨 작가이다.

〈앙드레 말로〉는 〈인간의 조건〉을 1933년에 발표하여, 그 해

공쿠르상(賞)을 받았다. 이 소설의 내용은 장개석이 공산주의자와 연합하여 상해에서 북방군벌을 몰아내고, 다시 총뿌리를 돌려 중국의 항일운동가들을 탄압한 1927년의 상해쿠데타를 배경으로 하여 쓰여져 있다.

그리고 앙드레 말로는 이 작품의 주인공인 첸(陳)을 '연대적인 행동'의 중심 속에서도 고독감에서 헤어날 수 없는 행동가의 모습으로 그리고 있다.

참여와 연대감속에 공존하는 인간 자신의 고독감은 '인간은 홀로 태어나서 혼자 죽는 것이기에' 다른 누군가가, 아니면 다른 무엇이 해결해 줄 수 있는 것이 아니다. 즉 인간 개체의 고독감은 본질적으로 없앨 수 없는 일인 것이다. 그렇기에 우리는 생활 속에서 항상 사랑과 우정을 이야기하고, 가난하고 힘없는 약자에게 배려하고, 사회적 문제에 참여하며, 지상에서 그 고독을 없애기 위해 부단히 연대하고 더불어 살아가자고 사회적인 힘을 모으는 것일지도 모를 일이다. 또한 살기 위해 먹는 것이 아니라, 고독을 지탱하는 자존심과 독립심을 유지하는 것이 세상에서 인간으로 삶을 계속하게끔 하는 생의 근원일지도 모른다.

여기서 잠깐 말하고자 하는 것은 참여와 고독, 독립 등, 인간의 의식 내에 내재되어 있는 실존적인 의식에 대한 것이기도 하지만, 더 나아가 역사적인 측면에서 바라본다면 앞서 말한 두 소설가는 독재와 제국주의에 맞서 저항운동을 한 작가라는 사실이다. 둘 다 좌파적인 소설가였고, 또한 파시즘과 나치에 맞서 레지스탕스운동을 한 사람들이라는 것이다.

프랑스 비시정권은 나찌가 프랑스를 점령하자 여기에 부역한 사람들이다. 그 비시정권 시절, 알베르 까뮈는 지하 저항조직인 꽁바(Combat-전투)에 참여하여, 목숨을 걸고 레지스탕스운동을 하였다. 적어도 제국주의와 나치, 독재에 저항한 사람들은 부역은 하지 않았던 것이다. 그리고 이를 높이 평가하여 저명한 소설가로 인정받고 노벨 문학상도 받았을 것이다. 작가의 작품세계는 그 작가의 인생이므로….

우리나라에도 이육사, 윤동주 같은 시인이 있다. '청포도', '광야' 등으로 유명한 이육사는 항일 테러리스트 조직인 의열단의 단원으로서 문학을 통해 일제에 저항하였고, 또한 권총 사격 솜씨도 뛰어났다고 한다. 우리에게도 일제로부터 우리민족을 독립시키기 위해 가족들의 안위를 버리고 자신의 목숨을 건 사연과 역사가 어디 한 둘이겠는가?

과거는 언젠가는 밝혀지고 역사는 바르게 쓰여 지기 마련이다. 경제가 어려운데 또 무슨 역사, 과거사 타령인가? 라고 말하지만, 역으로 역사 바로 세우기와 경제 어려운 것이 무슨 관계가 있는가? 중국이 고구려사와 발해사를 중국의 역사라고 강변하고, 일본이 독도를 자신의 땅이라고 우기는 것은 우리 자신이 과거사에 대한 평가와 반성 없이 부(富)만 축적하면 된다는 논리 속에 8.15 해방이후 반세기 이상을 살아왔기 때문에 겪어야 하는 일인 것이다.

죽음을 무릅쓰는 위험을 안고 인생의 고독을 달래며 대의(大義)를 위해 연대한 사람들, 알베르 까뮈, 앙드레 말로, 이육사, 윤동주 그리고 우리의 그 숱한 항일독립운동가들, 이국(異國)의 땅 후꾸오까와 북경의 감옥에서 조국의 광복을 위해 외로이 죽음을 맞은 윤동주, 이육사 시인을 생각해보자!

지금 우리가 살아가고 있는 이 역사 위가 그냥 이루어졌겠는가?

- 〈경북매일신문〉 2004년 9월 2일

원제는 '알베르 까뮈와 작업 중인 과거사'였으나 '작업 중인 과거사'라는 표현이 부적절하게 느껴져 이 책에서는 '역사 바로 세우기'로 변경합니다.

역사 앞에서

얼마 전, 필자가 몸담고 있는 환경관리공단의 개성사업소 개소(開所)문제와 관련한 협의를 위하여 개성공단 관리위원회를 방문하여, 개성공단의 폐수종말처리장을 잘 운전할 것을 개성공단관리위원회의 책임 있는 사람에게 약속을 한 바가 있다.

남북경제협력사업인 개성공단사업이 남쪽과 북쪽, 모두에게 경제적인 도움이 되게끔 추진되는 개성공단을 보면 우리 민족의 미래와 희망을 보는 것 같아 감동을 느낄 수 있었다. 그래서 수자원공사는 상수도처리장을 환경관리공단은 폐수처리장, 한전은 변전소 등 남쪽의 공기업들이 개성공단의 중요한 시설들을 관리하기 위하여 개성공단에 진출하고 있는 상황이다.

여기서 가장 걱정되는 부분이 폐수처리이다. 그럴 일은 없겠지만, 과거 개발시대에 우리가 겪은 환경오염이 개성공단에서 발생된다면 남북사이의 큰일이기 때문이다. 그렇기에 환경관리공단은 남북을 잇는 중요한 가교역할을 하고 있다고 자부를 하고 있기도 하다. 즉, 대기와 수질문제이든, 아니면 황사문제이든 환경문제는 똑같은 하늘, 같이 연결된 강, 같은 땅덩어리내의 문제이기에 우리 겨레의 공동의 힘으로 해결해야 할 일들이기 때문이다.

1945년 8월 15일, 우리에게는 해방이고, 일본에게는 패망이었다. 일본제국주의가 연합국인 미국과 소련, 영국, 중국에게 굴복하였기에, 나라가 분단이 된다면 당연히 일본열도가 분단되었어함에도 일본의 농간과 미국과 소련 자신들의 이익을 위해서 한반도를 반으로 잘랐다. 그리하여 그 이후에도 일제의 식민지로 온갖 고난을 겪은 한민족에게 또 새로운 굴곡의 세월이 기다리고 있었다.

분열은 패배를 만들고, 단결은 희망을 만든다고 했던가? 그러나 외세와 군사독재위정자들은 자신들의 필요에 따라 한반도를 남북으로 잘랐고, 또 지역차별, 지역감정, 지역주의 이데올로기로 호남과 영남으로 갈랐다.

그리고 1963년의 대선에서 박정희후보가 전북과 전남에서 각각 6만5천여표, 2십8만4천여표를 더 얻었다는 사실을 생각하면 당시에 정치적으로 지역감정은 없었다. 그러나 1971년 대통령선거 당시 부산에서는 박정희와 김대중의 표차이는 8만여표에 그쳤지만, 대구에서는 92만여표의 표차이가 났다. 그것은 분명히 대구경북지역에 뿌려진 '호남인들이여 단결하라', '백제권 대동단결'이라는 유인물들의 대량배포 때문일 것이다.

그리고 그 이후 전두환정권에 의해 광주시민에 대한 학살이 있었다. 자신의 권력유지를 위해서는 부정과 조작을 스스럼없이 해치우는 것이다. 이러한 정치적 상황에서 민족의 통일과 평화, 새로운 시대로의 도약과 희망, 미래가 있겠는가?

2001년 6월 설봉호를 타고 금강산으로 가는 배 위에서

환경오염문제까지 고민하며 남북이 협력하여 추진되는 개성공단은 분단 60년 만에 남쪽의 자본과 기술, 북쪽의 토지와 인력을 결합시킨 남북합작의 최초의 대규모 사업이다.

또한 개성공단이 계획대로 이루어지면 북쪽사람 35만여명, 남쪽사람 10만명이 함께 일하게 된다. 북한지역이지만 개성공단이라는 특별한 지역에서 남북이 하나되어 〈made in 개성〉이라는 경제전략으로 세계로 미래로 나아가는 것이다. 남북으로 갈려진 한반도, 또 동서로 갈리어진 역사로는 민족의 통일과 미래를 개척할 수는 없는 것이 우리 모두가 아는 자명한 사실이 되어 가고 있다.

다시 우리는 역사 앞에서 숙연해진다. 우리의 아들과 딸들이 일본제국주의의 총알받이로 성노리개로 끌려갔고, 외세에 의해 우리 서로에게 총부리를 돌렸던 분단과 전쟁, 군부가 정권을 잡기 위해 무고한 시민을 학살한 시대적 역사적 사실들을 떠올리면 우리가 이러고 있을 때가 아닌 것이다.

우리가 가족과 이웃에게 사랑을 베풀듯이 호남과 영남, 같은 지역은 아니지만 나와 같은 우리들, 뿔달린 사람들이지만 역시 같은 우리들일 때, 외세와 열강에 둘러싸여 있는 오늘의 현실을 변화시켜 나갈 수 있다. 국민적, 민족적 에너지를 모으지 못한다면 맨날 2류국가로 내려 앉아 있어야 하는 세계사적 현실에서 "우리가 남이가"라며 분열과 갈등을 조작하는 것은 "역사 앞에서" 분명히 매국노의 행위이다. 이것은 한반도에서는 진리 이다.

- 〈경북매일신문〉 2007년 7월 12일

2007년 여름 도쿄대 야스다 강당에서 딸아이를 안고서

포스코의 북한제철소

포스코를 위시한 국내 철강업체가 원자재를 확보하고 새로운 시장을 개척하기 위해 해외진출에 나서고 있다.

특히 원자재 확보를 위해 포스코는 1980년대부터 호주의 마운트 톨리, 포스맥 광산, 캐나다의 그린힐 등 주요 원료생산국으로 부터 연간 7백만t의 원료를 직접 조달해 오고 있다.

지난 해 이구택 포스코 회장은 "수년 전 시작된 세계 철강기업의 글로벌화 경향은 당분간 지속될 것"이라며 "포스코도 내적 역량을 충전했던 90년대를 거쳐 2000년대에는 해외진출을 통한 성장전략을 적극 추진할 것"이라고 말한 바 있다.

포스코는 사양산업이 되어가는 철강산업의 미래를 개척하기 위해 해외로 진출하고 있고 현재로서는 그 결과도 나쁘게 보이지 않는다.

그리고 대일 식민지 배상금과 차관으로 건설된 포스코는 노조설립, 환경 등 여타의 문제가 없는 것은 아니지만 민족기업이라는 뿌리 위에서 철강보국이라는 사명감으로 제 역할을 잘 해

왔으며 앞으로도 우리나라 산업의 기둥으로 그 역할을 해갈 것이라 믿어진다.

지금 남북의 정치적 상황, 국제적 정치역학관계를 판단해 볼 때 너무 빠른 생각이라고 비판받을지 모르나, 개성공단에서 남쪽의 상품이 생산되는 현실에서 포스코가 북한에도 일관제철소 건설을 추진해 봤으면 하는 마음이 간절하다.

북한은 철광석이 풍부하게 매장되어 있고, 대륙과도 연결되어 있어 원료수급과 대외수출의 중요한 역할을 할 수 있다.

또 남쪽의 공장을 북쪽에 건설한다는 것 자체가 남북이 평화적으로 공존하겠다는 뜻이므로 남북의 평화체제가 더욱 발전되고 성숙될 수 있고 북쪽에 대규모 제철 및 자동차산업을 일으킬 수 있을 것이다.

하루빨리 남북 관계에 평화공존이 확립되지 않는다면 북쪽에는 우리 민족의 자본이 아닌 외국자본이 들어오게 될 것이기에 남과 북 공동 경제발전의 길은 평화체제 구축을 통해 북쪽에 산업을 부흥시키는 길 밖에 없다고 믿는다.

이제까지의 사회적 합의만으로 보면 북한에 포스코의 제철소를 건설하자는 말 자체가 '이적행위'가 될 수도 있지만 구소련과 동구의 붕괴, 중국의 자본주의화 등 세계의 새로운 경제질서가 구축된 지금은 북한만 다른 경제체제를 유지한다는 것은 불가능하게 되었다.

또한 북핵문제를 둘러싼 6자회담의 과정만 보더라도 '평화만이 살길이다.'라는 명제를 우리 민족에게 던져주고 있으며, 남과 북 서로가 한반도의 민족공동번영을 개척해야 한다고 제시하고 있다.

따라서 노동집약적인 제철산업을 북한에서 성장시켜 나간다면 포스코라는 민족기업이 다시한번 민족의 번영을 위해 큰 역할을 할 수 있을 것이라 믿어 의심치 않는다.

국회의원 과반수가 넘는 161명이 폐지안을 제출한 보안법은 이미 정치적 사망선고를 받은 것이 다름없다.

이 시점에서 북쪽은 개방과 개혁의 길로 나서고, 남쪽은 민족공동번영을 위해 북쪽에 개성공단을 뛰어 넘는 제철소, 자동차 공장 등 산업기지를 건설하는 것은 우리 민족의 미래를 밝게 하는 것임에 틀림없다.

- 〈경북매일신문〉 2005년 1월 31일

포스코를 뒤로 하고

탑산의 충혼탑

우리 큰 외숙부는 학도의 용군으로서 한국전쟁에 참가하신분이다. 포항고등학교를 다니다가 한국전쟁에 참가한 큰 외숙부는 전쟁 때 총상을 입어 지금도 다리가 불편하시다. 나는 다른 모든 점을 떠나 남한을 북한으로부터 지키는데 자신의 모든 것을 걸고 싸웠던 분의 그 정신을 배워야 한다고 생각한다. 원래 우리 외조부는 일본지주의 '마름'이었다. 그렇다고 소설에서나 TV에서 보듯이 악독하고 나쁜 노릇을 하는 마름은 아니었던 것 같다.

일본이 패망하고 한반도에서 일제가 물러 간 후에도 친일을 했던 사람들은 부귀영화를 누렸지만 우리 외가는 일제가 물러 간 이후에도 별로 가진 것이 없는 집안이었다. 그러나 8.15 해방이후 당시 중학생이던 어머니의 말씀으로는 외가가 있던 연일 지역에도 '산사람'들은 있어서 밤이면 외할아버지의 이름을 부르면서 '죽이겠다'는 소리에 집안이 대단히 괴로웠다고 한다. 급기야는 외할아버지께서 몽둥이 세례를 받아 초죽음이 되기도 하셨다.

그러다가 경찰이 '산사람' 검거에 나섰다. 그들을 잡아보니 그들 중에 친척 분들도 있었다. 그대는 피해자들의 말 한마디에 죽음이냐 삶이냐 하는 터라 결국 잡힌 사람들을 모두 풀어주라는 외가의 통사정에 그 사람들은 석방되었다고 한다.

한편으로는 어머니께서는 연일읍 남성리에 잇는 '정선생'에 대해서도 얘기를 많이 하신다. 동경유학까지 한 천석꾼의 집안에 '정선생'이라는 사람이 있었는데, 이 정선생이 유학시절 좌익으로 독립운동을 하였고, 해방이후에도 고향에서 좌익운동을 하다잡혀 오천 근처 '갈평'에서 총살되었다는 얘기를 해주신다. 그런데 그 정선생 장례식을 할 때에 만장이 얼마나 많든지 하면서 은근히 그 정선생을 자랑하신다. 어머니께서는 정확하게는 말씀을 안하시지만 동네사람들이 정선생을 훌륭한 일을 하신 분으로 생각하였을 거라고 여기고 계시는 것 같다.

한국전쟁이 발발했을 때 큰 외숙부는 당신의 아버지의 고초와 그간의 경험으로 봤을 때 당연히 북한에서 내려오고 있는 것을 막아 대한민국을 지키고 싶었을 것이다. 그리고 그 이후에 대한민국을 지킨 공로로 여러 표창도 받고 상이용사로서 국가적 혜택과 인정을 받고 계신다.

나는 대한민국이 건국과정에 잘못된 점이 대단히 많다고 알

고 있다. 2차세계대전을 일으켰던 독일이 분단되었듯이 당연히
일본이 분단되어야 함에도 불구하고 미국과 소련이라는 외세에
의해 한반도의 허리가 잘리어졌다는 대해서 분노를 감출 수 없
다. 그 당시의 모든 민족세력들은 이 외세를 배격하기 위해 모
든 힘을 모아야 했음에도 불구하고 미국과 이승만의 합의에 의
해 남쪽만의 단독정부를 먼저 세웠던 것은 크게 잘못한 일인 것
이다. 그리고 그 단독정부 선거과정에 전국방방곡곡에서 일어
난 단독정부 반대운동을 봐도 알 수 있다. 요즘 제주도 4.3특별
위원회가 꾸려져 진상규명을 하고 있는 4.3항쟁에 대해 병력을
투입해 제주도민 8만여명을 무자비하게 죽인 것은 어떤 이유에
도 정당성을 확보 할 수 없는 것이다.

그리고 한국의 현대사 중 해방과 한국전쟁이전 역사를 조금
이라도 접해 본 사람이라면 남한에서 미국과 이승만 그리고 그
주위의 친일파가 어떻게 해서 권력을 잡게 되었는지를 알게된
다. 또한 그들 자신이 살아남고 권력을 잡기 위해서 애국민족
세력들에게 어떤 짓을 했는지도 알게 된다. -난 포항지역에서
그 당시의 상황과 사실들을 복원하여 여러 역사적 사실들을 객
관적으로 볼 수 있게끔 하는 작업이 이루어졌으면 한다.-
그리고 대한민국헌법 전문에 대한민국은 대한민국 임시정부
법통을 이어 받았다고 쓰여져 있다. 여기서 김구선생 살해음모

에 대해 얘기하진 않겠지만, 그런데 대한민국을 건국한 세력들은 임시정부 주석이었던 김구선생도 못 지킨 것이다. 그리고 항일운동시기의 임시정부가 추구했던 정책이나 강령을 보면 건국된 대한민국이 얼마나 엉터리인가도 쉽게 알게된다.

포항에는 탑산이라는 산이 있다. 탑산이라고 부르기 시작하기 전에 산이 어떻게 불렸는지 모르겠지만 산 정상에 충혼탑이 생기면서 탑산이라고 불려졌다고 생각한다. 초등학교시절 이 산을 오르락내리락 하면서 칡뿌리를 캐기도 했었고 어쩌다가 길을 잃어버려 혼자서 울며 길을 찾던 기억도 떠오른다. 그것은 어머니 몰래 학교 수업을 빠져먹고 동네 형이랑 둘이서 '땡땡이'를 친 그 대가라고 아직도 생각하고 있다. 하여간에 고향이 송도인 나는, 아이들의 거리감각으로도 멀리 떨어져 있는 탑산에 많이도 왔었다. 지금은 우방아파트가 들어서서 그 산의 맥이 끊어져 있지만, 그 당시에는 수도산과 탑산이 이어져 있어, 그 산등성이를 타고 칡뿌리도 캐면서 동네아이들이랑 모험을 즐기던 기억이 아련하다.

아직도 정확히 기억하고 있는 날이다. 1976년 6월6일 현충일 아침에 우리는 탑산에 올랐다. 담임선생님이랑 우리 반 아이들이랑 충혼탑에 참배하러 갔던 것이다. 아마도 6학년 모두가 간 것 같지는 않고 우리 반 반장이던 용문이가 그 충혼탑에 새겨진 비문을 읽었던 기억이 난다. 아이들은 숙연히 그 비문에 새겨진 가슴 뭉클한 글을 들었고, 난 그 날 이후 정말 애국심이 뭔지 조국이 뭔지를 깨달았던 것 같다. 그 전까지는 나이가 어려서 인지 애국조회를 하든, 충무공 이순신 장군에 대해서 배우든, 진심으로 나라에 대해 관심을 가지지 않았기 때문일 것이다. 그러나 1976년의 현충일만은 달랐던 것이다.

분단이후 처음으로 남한의 대통령이 북한의 최고 지도자를 만났다. 비전향 장기수가 북쪽으로 돌아가고 남과 북의 이산가족들도 상봉하였다. 또한 남과 북의 지도자는 서로의 정권에 대해 상호전복을 하지 않기로 약속도 하였다. 이제 한반도에는 통일의 시대 평화의 시대가 열리고 있는 것이다.

향후 해방전후에 관한 역사와 한국전쟁에 대한 과학적, 객관적인 연구가 더욱 이루어져 통일시대에 대한 역사적인 면에서의 여러 가지 준비도 이루어져야 한다고 생각한다. 물론 정치경제 사회적인 문제에서도 마찬가지이겠지만…. 그러나 가장 기본적인 것은 도의적인 면과 인간적인 면을 항상 마음에 새기면서 통일을 준비하는 것이다. 정치라는 게 별건가? 통일이라는 게 별건가? 사람을 사람답게 살 수 있게 한는 것이 아닌가.

통일과 평화에 대한 준비과정으로, 과학적이고도 객관적인 여러 실천이 이루어져 통일시대에 걸 맞는 사회적인 체계를 이루어 가야하겠지만, 한국현대사에 나타나는 비양심적인 사건들에 대한 진실규명을 전제로, 대한민국을 지킨 사람이나 나라의 권력에 희생된 사람들이 화해할 수 있어야 기어코 통일은 되는 것이다.

우리 지역에 나라를 지키려는 열정과 애국심으로 산화해 간 분들을 추모하는 충혼탑이 있다. 이제까지 그것은 남한만을 위한 충혼탑이었다 그러나 이제는 그 충혼탑이 인도주의적인 면에서 과거 적대적이었던 사람들이 서로를 이해하고 서로를 존중하는 마음을 담고 있는 탑이 되어야 한다. 나아가 민족전체를 위한 충혼탑이 되어야 한다. 그리하여 한반도에서 통일과 평화를 가져오는데 전체 포항시민의 마음을 모으고 민족 전체의 마음을 모으는 충혼탑이 되어야 하는 것이다.

이제 통일은 우리 외숙부와 남성리의 '정선생'이 화해하고 총부리를 겨누었던 사람들이 서로의 삶과 개인사에 대해서도 서로 이해하는 자세로 시작하여야 한다. 탑산의 충혼탑은 해방이후의 '산사람'들과 경찰의 싸움에서 희생된 사람들, 한국전쟁에서 쓰러진 남과 북의 민간인 군인 등 모든 사람들을 위해 추모할 수 있는 충혼탑이 되어야 하는 것이다. 그럴 때만이 통일은 우리에게로 성큼 다가오는 것이다. 이제 포항시민들도 이에 나설 때가 된 것이다.

- 2000년 자치포항에서

포항 영일대에서

지속가능한 사회와 기본소득

필자가 대학원 논문을 쓸 때에 지속가능발전이라는 개념에 의문이 생겼다. 지구사회, 글로벌한 세계적인 문제에 개입하는 유엔(UN)이 주창하고 강조하는 지속가능발전의 목표는 유럽, 미국, 캐나다 같은 선진국에서는 통용될 것 같은데, 후진국처럼 먹을 것도 부족한 국가에서는 발전이라는 개념보다 먼저 지속가능해야 하다는 것이 우선되어야 한다는 생각을 하게 된 것이다.

그리고 석사논문이 남북한의 환경협력에 대한 주제였으므로, 지속가능한 발전목표라는 표현보다는 남북관계가 지속가능해야 하는 것이 가장 중요하다고 생각하기도 했었다. 지속가능한 남북관계, 단절되지 않고 꾸준히 연결되는 관계가 민족문제, 평화문제에 대해서 가장 중요한 것이라고 결론을 내리고 논문을 작성했던 기억이 있다.

유엔이 2000년에 밀레니엄개발목표(Millennium Development Goals, MDGs)를 의제로 채택하고 2015년까지 세계의 빈곤을 반으로 줄이겠다고 결정하였다.그리고 국가 간에 경제적인 불평등이 엄연히 존재하는 지구촌에서 후진국들에게 조금이라도 경제적 이익이 돌아가도록 해야 한다는 유엔의 좋은 계획이었다. 그런데 2015년이 지난 시점인 현재에 세계의 빈곤의 반이 줄어들었는가?, 아무리 유엔이 세계의 정부를 지향한다고 해도 쉽지 않은 일이다.

밀레니엄개발목표(MDGs)는 절대빈곤 및 기아 근절, 보편적 초등 교육 실현, 양성평등 및 여성능력의 고양, 아동사망률 감소, 모성보건 증진, AIDS, 말라리아 등 질병 예방, 지속가능한 환경 확보, 개발을 위한 글로벌 파트너쉽 구축의 8대 목표로 구성되어 있었다. 만족스럽지는 않지만 유엔은 세계의 평화를 위해 선진국에서 돈을 거둬 후진국들의 주민생활조건을 개선하기 위하여 부단히 노력하고 있는 것이다.

그리고 2015년에 파리기후협약이 성립된 이후로 기후협약에 참여한 모든 나라는 탄소중립을 위한 목표설정을 하고, 이를 실행해야 하는 의무가 생겼다. '지구의 온도가 현재보다 1.5℃ 더 상승하게 되면 인류는 파멸한다.'는 기후위기경고를 유엔과 전 세계는 받아들이게 되었다. 이제 지속가능해야 한다는 명제가 지구촌 최대의 지상과제가 된 것이다.

즉, 이산화탄소, 메탄 등 지구를 뜨겁게 만드는 온실가스로 인해 기후변화, 기후위기를 겪고 있는 지구촌은 지구전체가 파멸의 길로 가고 있다고 선언하고, 지구와 인류의 생존을 위해서 지속가능한 발전목표를 새롭게 설정하였다. 그 목표는 무지개 색깔보다 더 많게, 예쁜 색깔 17개 인데, 지속가능한 발전목표에 조금만 관심이 있는 사람이라면 그 색깔들마다 의미가 정해져 있다는 것을 알고 있다. 빈곤퇴치와 평화, 정의, 성평등, 사회적 포용, 경제 성장, 지속가능한 환경 등 인간이 누려야 할 모든 사회적 권리, 인권을 담보한 내용들로 이루어져 있다.

지속가능발전목표(Sustainable Development Goals, SDGs)라는 것은 2000년부터 2015년까지 제안되고 추진된 유엔의 새천년개발목표(Millennium Development Goals, MDGs)의 후속의제로 2015년 9월 채택되었다. 온 지구의 지속가능발전을 실현하고 후진국의 빈곤 문제를 해결하기 위하여 2016년부터 2030년까지 유엔과 국제사회가 이룩해야 할 목표가 SDGs라는 뜻이다.

SDGs의 17개 목표 중에 중요한 목표는 모든 형태의 빈곤 퇴치, 기아해소와 지속가능한 농업, 양질의 교육, 양성평등, 물과 위생, 에너지, 양질의 일자리와 경제성, 기후변화와 대응, 생태계, 평화와 정의 제도, 글로벌 파트너십 등이다. 지구와 인류를 위해 필요하지 않은 것이 없다. 인간이 인간된 삶을 살아가는데 누려야할 권리, 인류의 생존, 지구의 지속가능성을 위해 반드시 필요한 목표들이다.

그리하여 요즘의 세계적인 흐름에는 지구촌의 기업들이 17개의 SDGs를 기반으로 투자와 기업활동을 한다는 것이고 이는 곧 지속가능발전을 추구한다는 의미로 나타난다. 그리고 우리나라의 기업에서도 SDGs를 경영전략과 기업활동에 연결시켜, 기업의 부정적인 요소를 최소화하고, 우리정부와 기업이 조직이 정한 SDGs의 목표와 유엔이 정한 SDGs에 도달하기 위해 노력하고 있기에 세상이 어두운 것만은 아니라고 여겨진다.

특히 ESG 경영이라는 이름으로 공공기관, 공기업, 민간기업까지 포함하여 전사회적으로 SDGs운동이 확산되고 있다. ESG는 환경(Environment), 사회(Social), 지배구조(Governance)은 라는 말의 약자인데, 정부와 기업의 경영방식이 친환경적이고, 사회적 불평등 해소 및 사회적 권리문제 해결을 지향하며, 이해관계자들과도 서로 소통하고 협력해야 한다는 의미이다.

필자는 ESG경영의 철학적, 구체적인 내용을 17개의 지속가능발전목표인 SDGs가 뒷받침해주고 있다고 이해하고 있다. 그리고 나아가 급격한 변화를 추구하다 실패하는 것보다, 작은 부분에서부터 구체적이면서 사회적 합의가 가능한 ESG경영과, SDGs야 말로 현실적으로 가능한 진보의 아젠다가 될 수 있다고 믿는다. 올바른 계획도 중요하지만 문제는 실천력이기 때문에 계획과 실천을 피드백 하는 평가시스템도 도입하게 될 것이다.

앞으로는 대한민국이 유엔이 정한 '지속가능한 개발목표를 어떻게 추진할 것인가'라는 방도를 국민적 의제로 등장시켜 의견을 수렴하는 시민사회운동이 필요하게 될 것이다. 우리나라가 선진국으로 진입했다고 전 세계가 공언한 상황이기에 중앙정부와 지방정부의 차이를 넘어, 지구촌을 위하여 대한민국의 책임 있는 역할을 잘 하고자 하는 것에서 세계시민의 자부심으로 느끼도록 해보았으면 좋겠다.

다시 지역사회로 돌아와, '우리 자신과 우리 지역이 세계의 중심'이듯이 지방정부와 지역사회의 시민단체들도 지속가능한 사회를 향해 나아가고 있다. 1992년 브라질의 리우데자네이루에서 개최된 '환경과 개발에 관한 회의' 이후, 그러니까 전 세계적으로 지방정부에 '지방의제21(Local Agenda21)'이라는 조직이 설치된 이후로 시민운동영역이 환경에서 출발하여 평화와 정의, 경제적 불평등해소, 기아퇴치 등 가난하고 약한 이들에 대한 인간적 권리 및 사회적 권리로 확장되고 있다. 그렇기에 지역사회에서도 끊임없이 우리가 지속가능한 삶을 유지하고 인간적인 삶을 희망하는 한, 시민사회운동영역에서도 서로 협력하고, 서로 격려하며 한편으로 문화적 소양을 높여가는 노력을 활발히 지속하기를 기대해본다.

여기서 지속가능한 사회를 위해서 기본소득이 얼마나 중요한지를 생각해보자. 인간은 고독과 자유를 갈구하는 사회적 존재이다. 그리고 그 자유는 경제적 평등과도 무관하지는 않다. 사람은 능력의 차이가 있어서 경제적인 능력이 다를 수도 있기에 천편일률적으로 평등하다는 말도 틀린 말이다. 문제는 인간이 가져야 할 기본적인 권리를 지켜줄 수 있는 기회의 평등과 공정성이다. 백성은 나라로부터 받는 곡식의 많고 적음에 화를 내는 것이 아니라, 누구는 주고 누구에게는 주지 않음에 분노한다고 했다.

코로나19의 시대를 겪으면서 재난지원금을 지원하는 프로그램을 통해 굉장히 어려운 경제적 상황에서도 어떻게 일정 정도의 GDP를 유지하는지를 전 국민이 학습하게 되었다. 또 코로나19를 통과해 가면서 대한민국이 선진국이 되었다는 소리를 세계로부터 듣게 되었다. 우리나라가 선진적인 의료시스템과 함께 비접촉(언택트) 문화를 뒷받침 할 수 있는 선진적인 IT시스템을 갖추고 있다는 사실도 확인할 수 있었다.

반도체와 AI(인공지능) 그리고 로봇산업 등, 4차 산업혁명의 리더격이 된 우리나라는 앞으로 직업군의 변화가 급속히 일어나게 된다. 직업상의 변동이 심한 젊은 청년들이 '24시마트 알바'로 밀려나 절망적인 상황 속에서 극단적인 선택까지 하는 사회상을 떠올리면, 벼랑 끝에 내몰렸을 때 생활과 삶을 유지하고 버텨내기 위한 기본적인 소득이 반드시 필요하다고 생각한다.

예금통장에 70만 원을 두고 세상을 등진 세 모녀의 유서를 보고 유추해보면, 동사무소에 가서 자신들이 극빈자임을 증명해야 하는 것이 현재의 사회복지제도이다. 필자도 어릴 때 가난한 집 아이라고, 봉투에 쌀을 담아 줄 때 꼭 사진을 찍었다. 그 쌀을 안 받았으면 안 받았지 사진을 찍기 싫은 것이 감수성 많은 아이들의 마음이다. 청년들에게 기본적인 소득을 지급하여, 청년실업문제로 인해 고통 받는 청년들에게 새로운 기회와 희망을 주는 것이 얼마나 좋은 일인지 생각해보자. 국가가 할 수 있는 그 어떤 일보다 훌륭한 일이 아니겠는가.

청년기본소득이 정책적으로 성과가 있으면 나이별, 성별 등의 계층구조로 나누어 기본소득을 좀 더 확대해 나가면서 GDP의 성장곡선을 잘 관찰하도록 해보자. 국가적으로 기본소득이 자리 잡게 된다면 사람이 생존해가는 최우선적 필요조건이랄 수 있는 빈곤과 경제적 어려움의 문제가 어느 정도는 안전판을 확보하게 되는 것이다. 물론 공기, 물 같은 환경조건도 대단히 중요하지만, 먹는 밥에 비하겠는가?

필자가 기본소득이라는 아이디어를 알았을 때, 기본소득 제도를 잘 실천하면 그 어떤 체제에서도 못했던 훌륭한 제도를 창조하는 것이라고 생각했다. 기본소득이라는 제도를 단계적으로 착실하게 성공시킨다면, 기본소득은 지속가능한 사회를 만들어

가는 데에 근본 중의 근본이 될 가능성이 있다.

그리고 우리나라는 가난과 빈곤을 퇴치하고 약자를 차별하지 않는 세계적으로 모범적인 '지속가능한 국가'가 될 것이다. '인간 중심'의 가치 지향을 최우선시 하는 사회적 휴머니즘이 기본소득에서 출발하게 된다. 지역사회 전체와 시민사회세력이 모두 힘을 합쳐 기본소득이 국가정책으로 자리를 잡는 나라를 만들어 보자.

가족

그람시, 크로포토킨, 하버마스 그리고 커피

CNP논쟁이란 게 있다. Civil, National, People의 약자인데, 시민민주주의(Civil Democracy)와 민족민주주의(National Democracy), 민중민주주의(People Democracy)를 의미한다. 세계사적으로 이러한 논쟁을 거치지 않은 근대국가는 없을 듯하다. 세계의 모든 나라가 자국의 정치적 발전을 추진함에 있어서, 정치적으로 사회적으로 철학적으로 이러한 논쟁을 비슷하게라도 거치지 않은 나라는 없을 것이다. 그리고 우리나라에서도 1980년대 초에 대학가와 소위 운동권에서도 논쟁이 일어났었는데, 현재까지는 시민민주주의로 귀결된 것 같다는 말이다.

사회운동영역에서 친구이자 동지였던 관계를 멀어지게 하고, 논쟁의 상대방을 무지하다고 조롱하거나 질시하게 만들고, 인간의 지혜가 얼마나 허약한지를 학습할 수 있도록 했던 것이 바로 이론 싸움이다. 지금에야 그렇게 느끼지만 당시에는 숨가쁘게 언변을 토해내며 자신이 얼마나 똑똑한지를, 나의 이론이 얼마나 정확한지를 자랑하는 시대가 있었다. 또한 그 언변을 토하는 그 사람의 인간성이 얼마나 옹색한지를 드러내 보이기도 하였다. 대체로 그런 사람들은 변절해 갔다.

많은 사람들이 경험적으로, 서로 질시하는 이론투쟁을 하는 것이 얼마나 해로운 일이지 깨닫게 되었다. 그리고 모든 이론들을 재창조한 것이 참여민주주의라고 불리는 새로운 시대의 등장이 있었다. '모든 이론은 회색이며, 영원한 것은 저 푸르른 생명의 나무'라고 했던가, 실제로 현실이 그것을 증명해 주기도 했고, 이론도 소중한 생산물이기는 하지만, 깨어있는 시민들의 참여가 가장 중요하다는 것에 모두가 동의하는 시대에 다다랐다.

현재의 시점에서도 민족문제와 민중적 민주주의에 대해 많은 이들이 동조할 수는 있다고 하더라도 대세는 시민사회, 시민민주주의를 향해서 세계가 나아가고 있다는 것에 동의하지 않을 수 없을 것이다. 시민운동을 주창하는 세력이거나 사람들이라면 참여민주주의를 기반으로 얘기하지 않을 수 없을 것이다. 참여민주주의가 시민이 주인되는 민주주의의 또 다른 표현이기도 하고, 시민의 참여 없이는 어떤 문제도 풀 수 없다는 것을 금방 깨닫기 때문이다.

지금은 단체가 없어졌지만, 아마도 포항KYC 같은 시민단체가 포항여성회, 환경운동연합, 녹색소비자연대 등과 더불어 시민사회영역의 활성화를 일으키고자 노력했던 것으로 기억한다. 이렇게 지역사회에서 시민운동에 대해 논의하기 시작한 것은 계급운동의 난제를 풀 수 없는 단계에 봉착했기에 그랬을 것이다. 아니면 전(全)사회적으로 한국사회가 개발독재국가에서 민주화운동을 거쳐 민주주의국가 모델을 정착시켜 나가는 시대적 상황에서 계층구조마다 자신들이 앉고 있던 문제들을 해결하고자 노력하다 보니, 계급운동만으로는 해결할 수 없다는 결론에 이르게 되었을 것이다.

특히 2000년대를 거치면서 국가균형발전문제, 자치분권운동, 여성운동 등의 사회적 화두가 등장했다. 이러한 문제가 계급문제와는 다르지만, 사회적 불평등을 조장하는 큰 문제임이 국민적인 관심사로 자리 잡은 것이다. 사람은 도시로 몰리고, 시골에는 아기 울음소리가 그치고, 집값은 뛰고, 지방은 빈곤해지는 현상, 결국 경제적 불평등으로 귀결되어 소외된 사람들은 고독사를 하게 된다. 진정한 이웃은 사라지고 공동체가 깨어지고 뒤틀리어 병든 사회구조의 문제들이 퍼져 나가기 시작했다.

그런 과정에서 필자도 시민운동영역의 활동을 하게 되면서 지방자치와 분권운동, 지역환경문제 등에 관심을 갖게 되었다. 그리고 시민사회영역을 개척해 가는데 디딤돌을 만들고자 나름의 공부도 하였는데, 독일 프랑크푸르트학파의 위르겐 하버마스, 이탈리아의 변혁운동가 안토니오 그람시, 러시아의 지리학자 크로포토킨에 대한 내용이었다.

　크로포토킨(Pyotr Alekseevich Kropotkin, 1842년~1921년)은 무정부주의자였다. 국가와 사회를 군대나 경찰력이 아니라, 우체국 같은 네트워크 시스템, 상호부조와 상호협력에 의한 사회 시스템으로 만들 수 있다고 생각한 아주 착한 사람이다. 하지만 무정부주의를 추구하는 혁명가였다. 의열단의 김원봉 선생도 무정부주의자였고, 조선상고사를 쓴 신채호 선생도 무정부주의자였다. 무정부주의자의 주된 방식은 테러였다는 것을 역사 속에서 알게 되기에 두렵기도 하였다.

　요즘 이슈화 되고 있는 자치분권운동의 맥락에는 무정부주의가 조금은 닿아 있다. 중앙집권의 국가권력이 아니라 마을 단위의 소중한 공동체, 그 공동체가 알뜰살뜰 어우러져 살아가는 시스템이 분권운동으로 연결되기도 하기 때문이다. 겉이 무섭다고 속까지 무서운 것이 아니다. 일본에서는 일본공산당의 당원들이 지방의원에 많이 당선된다는 것과 비슷한 얘기 같다.

　그람시(Antonio Gramsci, 1891~1937)는 헤게모니이론으로 유명하다. 평생 앉은뱅이로 살다가 옥중에서 생을 마감한 좌파 공동체주의자였다. 계급의 힘을 결집시켜 변혁, 급격한 기울기의 변화를 추구하지만, 결국 모든 사회구성원들의 동의를 얻을 수 없다면, 그 혁명은 실패한다는 것이다. 그래서 다른 사회구성원들과 함께 힘을 합쳐 주도권을 유지하여야 하는 것이다. 계급세력의 힘만으로는 안되기에 시민들과의 결합, 시민사회의 영역의 확대가 대단히 중요하고, 그렇게 헤게모니를 지속시켜야 현대의 변혁은 가능하다는 논리를 펴냈다. 그리고 감옥에서 '옥중수고'를 집필하였고, 그의 사고는 '현대의 변혁은 기동전이 아니라 진지전이다.'라는 말로 대변된다.

그 다음으로는 위르겐 하버마스(Jürgen Habermas, 1929년~), 어릴 때에 독일 나치의 청소년 단체인 유겐트조직에 참여한 경험이 있는 인물이다. 독일이 어쩌다가 유태인 600만 명을 학살하게 되었는지, 민주주의와 복지국가를 지향하던 바이마르공화국이 군국주의와 파시즘으로 경도되고 악마가 되어 갔는지를 연구하다가, 의사소통이론을 발전시켜 나갔다. 처음에는 프랑스의 살롱을 떠올린다. 근대에 들어오면서 부르조아들이 자주 가던 살롱에서 민주주의의 꽃이 피기 시작했고, 거기서 프랑스 혁명의 씨앗이 싹텄다고 얘기한다.

필자도 추측하건대, 살롱에서 당통과 로베스피에로가 논쟁을 벌였을 것이다. 프랑스의 미래에 대해서, 민중의 가난에 대해서, 루이16세의 운명에 대해서 그리고 봉건왕조국가가 아니라 근대민주국가로 나아가자고 결의하였을 것이다. 여기서 공적토론영역 이라는 개념이 생겨났다. 어떤 사회적 문제에 대해서 다수가 모여 의견을 공유하고 토론하며 결론에 다다르는 사회적

2006년, 나가사키 평화자료관에서 아들과 함께

구조를 만드는 것이 민주주의적인 방식이라는 것, 의사소통이론의 기본적 개념이다. 여기서 사회적 소통의 도구인 언론의 역할과 중요함도 배어 나온다.

논외의 다른 이야기이지만, 민주주의를 발전시키는데 커피도 한몫한 것으로 알려진다. 언제나 깨어 있어라!, 술을 못하는 필자에게는 술 보다는 커피의 전파가 토론과 민주주의의 큰 도구였다는 이야기에 매료된다. 술보다는 커피 권하는 사회가 되기를… 시민사회를 개척하고 민주주의를 발전시킨 역사 속의 커피 이야기도 흥미롭고 재미있겠다.

돌아와서 마지막으로 필자는 지역사회에서 시민운동의 영역이 더욱 활성화되기를 기대한다. 지금은 정치영역에서 활동하고는 있지만, 필자의 출신성분은 시민사회운동영역이다. 한없이 생각하고 한없이 돌아보며, 지역사회에서 어떻게 자리매김할 것인가를 고민하게 된다. 그리고 지난 일들을 기억하며 미래에서도 새롭게 기록으로 남아 있기를 기대해본다. 또한 커피를 함께 마시면서 시민들간의 소통이 자유로워지는 참여민주주의, 시민민주주의사회가 지역사회에서 만개하기를 기도드린다.

꽃을 던지고 싶었다

포항지역의 민주화운동사에 대해 기록하고자 저의 약간의 기억을 남기고자 합니다. 제가 병원에 입원을 할 정도로 건강이 악화 되어 대학을 중퇴하고 포항에 내려온 때가 1986년입니다. 친구들 모두가 자신이 전대협 세대라고 말할 때, 저는 전대협이 아니라 삼민투 세대라고 말합니다.

포항에 내려오기 전 1984년 초겨울, 김영춘 전 해양수산부 장관이 총학생회 회장이었던 것과 학생회관 앞 민주광장에서 집회를 하던 기억이 남아있습니다. 1984년인지, 1985년인지 유시춘 선생님이 어둑어둑한 민주광장에서 자신의 동생이 행방 불명되었다고 소리치던 기억도 생생합니다.

1985년 4월에는 전국의 대학생 대표들이 모여 전국학생총연합을 만들어서, 전학련 창립집회를 민주광장에서 열던 모습과 그 전학련 산하에 민족통일, 민주쟁취, 민중해방의 기치로 투쟁기구인 삼민이념투쟁위원회를 세워, 그 위원장을 맡은 허인회 선배가 연설하던 기억이 남아 있습니다. 민주광장에서 목숨을 건 단식농성을 하던 허인회 형은 정말 대단한 사람처럼 느껴졌습니다.

그리고 1985년은 반독재운동을 하는 대학생에게 7년의 징역과 6개월의 선도 교육을 실시한다는 학원안정법이 발의 되었다가 무산된 해이기도 합니다. 민정당내에서도 문제가 있는 법이라는 파동이 일어났고, 신민당과 재야운동단체의 전면적인 반대에 부딪혀 학원안정법의 입법은 실패로 돌아갔습니다.

반독재 민주주의운동을 하는 학생운동을 탄압하고자 하는 전두환정권이 학생들을 무섭게 공격할 때 나도 무엇이라도 실천해야겠다는 마음으로 학원안정법 반대 유인물을 가지고 포항으로 내려와 포항1대학(당시 포항실업전문대학)에 뿌리고 도망을 갔던 기억이 있습니다. 주위의 다른 사람들이 저를 신고할까봐 두려웠습니다. 어린 나이기도 하였지만, 제 기억에 그때 정말 무서웠습니다.

1987년 포항에서도 6월항쟁이 끝나고 12월 대선에서 공정선거감시단에 참여했던 저는 대선 실패 후에 포항고, 포항여고를 졸업한 친구들과 어울려 독서회를 만들고 여러 사회과학 서적을 읽고 토론하게 되었습니다. 저는 이것이 민주화를 지향하는 진보적 포항청년운동의 시초라고 생각합니다. 사람마다 입장이 다를 수도 있겠지만 저는 그렇다고 여깁니다.

1992년 5월 포항민주청년회 창립대회

평화를 향한 아시아 청년들의 서약

어른이 되어서는 다 헤어졌지만, 당시 그것이 시초가 되어 소문이 나기 시작하였고, 청년들이 조금씩 모였습니다. 지금은 모두 50대 말의 장년층이고 60세를 바라보고 살아가고 있지만, 그때 20대 후반의 열정적인 청년들이 포항에서 지역운동을 하여야 한다는 책임감을 공유하기 시작한 것입니다.

1989년 진보적 청년단체를 만들고자 모임 결성을 약속했는데, 다들 생활이 궁핍할 때여서 모일 공간이 없었습니다. 재정이 아예 없었으므로 포항시내 육거리 큰길 2층에 있던 커피숍에서 회장 이하 회원들이 시간을 내어 돌아가면서 커피숍에 나와 있기로 약속을 했습니다. 휴대폰도 없고 삐삐도 없던 시절이므로 그 커피숍에서 오후 시간에 만나기로 약속을 잡았던 것입니다.

당시의 회장은 현재 포항에서 닭백숙 식당을 하시는 분입니다. 누군지 다 아실 것입니다. 그리고 그 때의 그 커피숍 이름이 '꽃을 던지고 싶었다'였습니다. 이 책 속의 글 제목이기도 합니다. 다리를 약간 절룩거리는 남자주인과 여성 한 분이 운영하는 커피숍이었는데, 하루는 그 남자주인과 대화를 하던 중에 프랑스혁명을 이끌었던 당통에 대한 얘기를 나누었던 것으로 기억합니다. 아마 젊은 세대들이 변화와 혁신을 추구할 때였기에 로베스삐에로, 당통, 프랑스혁명의 단어들이 회자되었을 거라고 생각됩니다. 1989년은 프랑스혁명 200주년의 해이기도 하였습니다. 포항시내 경북서림에서 문고판 프랑스혁명을 구입했는데, 아직 저의 집 책꽂이에 꽂혀 있습니다.

1989년은 청년단체 사무실을 구하고 단체 활동비를 만들고자 죽도시장 부근의 다방을 세내어 일일찻집으로 장사를 하기도 했으나 돈이 쉽게 마련되지 않아서 당시 임용호 회장님이 김대중선생을 따르던 평민당계열의 연청 지부장으로부터 200만원의 후원을 얻어 오거리 근처에 우리 사무실을 처음으로 만들었던 기쁨은 잊을 수 없습니다.

민주주의는 연대의 힘에서 나온다는 것을 돈을 구하는 데에서도 배웠고, 그 뒤 포항KYC를 끝으로 포항지역의 진보적 민주청년운동의 막을 내릴 때까지, 지금은 고인이 되신, 평민당 포항지구당의 김병욱, 황봉택 선생님들의 도움을 결코 잊을 수 없습니다.

김병욱 선생님은 포항역 헌병사무실에서 군인신분으로 근무할 때, 그러니까 1970년 대통령선거 때, 포항역 유세에서 김대중후보의 연설을 들었는데, 그 연설과 김대중대통령에게 감동을 받아 평생 김대중 선생님을 따르게 되었다고 합니다. 그러나 민추협, 신민당, 평민당까지 따라다녔지만 김대중선생이 대통령이 되는 것을 못보고 세상을 등진, '포항에서 김대중선생운동을 하시던 분들'이셨습니다. 시대가 많이 지나고 저희들이 친노를 자처하며 노무현대통령에게 반해버린 것처럼 말입니다.

조금씩 기록을 남기고자 합니다. 동시대를 살아가고 있는 우리가 약간씩 차이가 나는 기억이겠지만, 포항지역에서 일어났던 이야기를 정리하고 기록으로 남겨야 하겠다는 마음으로 이 글을 씁니다. 먼저 시작하지만 포항지역의 많은 사람들이 지역 민주화운동의 역사를 기록하기를 바랄 뿐입니다.

1989년 겨울, 포항

인간은 기억 속에서 살고 있다. 기억이 없다면 아련한 추억도, 지난 즐거움도, 아쉬움도 자기반성과 성찰도 없다. 너무 많은 기억용량은 혼란스러움을 가져오기도 하지만 기억 때문에 새로운 길을 찾아갈 수 있고, 미래의 삶의 방향도 재설정해 나아간다. 특히, 앞선 인생의 선배들의 기억을 듣고 그 교훈을 배우게 되면 우리의 인생의 항로는 좀 더 옳은 길로 나아가게 될 것은 분명한 사실이다. 그래서 역사를 배우게 되는 것이다.

나 또한 그런 경험이 여럿 있다. 라디오도 없던 1970년대의 어린 시절, 저녁을 먹고 난 뒤 잠이 들기 전까지 어머니의 오래된 이야기를 들으며 그 이야기 속 나만의 상상의 세계로 빠져들기도 했다.

어머니의 20년 전은 1950년대였다. 어머니의 6.25사변 이야기는 신기하고, 그런 전쟁이 있었다는 것이 끔찍하기도 했다. 그 당시 한국전쟁이 터졌고 경주의 안강전투가 대단히 치열했으며, 포항고등학교를 다니다가 학도병으로 나갔던 큰 외숙부님의 시신이라도 찾기 위해 외할머니께서 안강 들녘을 찾아 헤매셨다는 이야기를 들으면서 그 시대로 빠져드는 것이었다.

그 때 포항과 경주의 형산강을 대치 선으로 북쪽은 인민군이 남쪽은 국군이 진주하였고, 외가의 집이 커서 국군 야전병원으로 사용되었으며 그래서 어머니께서 간호부가 되고 싶었다는 얘기를 들으면서 가족이 소중하다는 사실과 우리 가족이 대단하다는 것에 작은 감동을 느끼기도 했었다. 그리고 어머니의 기억은 생생하였지만 내가 직접 겪어보지 못한 일들이라 상상의 나래를 펼 수밖에 없기도 하였다.

시간은 화살처럼 빠르다고 했던가? 이제는 우리가 어른이 되어 자식을 키우면서 아이들에게, 아니면 후배들에게 그들이 겪어보지 못한 지난 사건들에 대해 이야기를 하게 된다. 겪어 보지 못한 사람들에게는 우리의 기억이 학습이고 인생의 과정인 셈이다.

내게 20년 전은 1989년 겨울이다. 엊그제 같은데 벌써 20년 전이다. 언제 나의 아이들에게 6월 항쟁이며, 청년기의 역사와 우리들의 삶에 대해서 이야기 해 줄 수 있을까? 솔직히 말해 그런 이야기를 해 줄 자신이 없다. 창피스럽기도 하고 계면쩍기도 한 이야기들을 어떻게 해 줄 수 있을까? 그렇게 보면 회상의 기록이 교육과 학습의 아주 좋은 도구인 것이다.

1992년 여름, 구룡포 석병, 포항민주단체협의회 수련회에서

   2009년을 보내는 지금, '크로포토킨의 자서전'을 읽고 있다.
모든 조직의 기초는 인격이며, 전제주의와 중앙집권체제 대신
에 우체국의 협력시스템처럼 사회적 근간을 이루는 네트워크
방식의 공동체를 주장한, 19세기 러시아의 짜르 체제에 대항한
지리학자가 크로포토킨. 크로포토킨의 자서전이 출간된 때가
1899년, 그러니까 110년 전이다. 짜르가 총칼로 러시아 백성
들을 억압할 때, 특히 시베리아 유배로 자유주의자와 사회민주
주의 지식인들을 탄압할 때, 표토르 크로포토킨은 20세기의 시
작을 1년 앞 둔 1899년에 무엇을 생각하고 있었을까?
   내게 2009년은 무슨 생각의 흔적들이 남겨지게 될 것인가?

청년기에서 장년기로 넘어가는 이 시점에서 다시 세상을 뒤돌아보며, 앞으로 살아갈 날을 오늘 꼭 생각해보고 기억해 두고 싶다.

1999년에는 큰 아이가 세상에 나온 것이 가장 기억에 남는다. 우리들의 뒤를 이어 살아갈 것이라고 생각하니 참으로 기분이 좋고 밝았다. 노동을 하며 아버지의 도리를 하는 것도 즐거웠다. 그 때는 그렇게 1년이 후딱 지나갔었다.

1989년은 내 기억에 고향에서 살면서 가장 또렷이 남고, 의미 있는 삶을 살기 위해 활동 했던 시기이다. 이 해는 프랑스 혁명 200주년이 되는 해였으므로 문고판의 프랑스 혁명사를 읽었다. 한국에서도 시민들의 힘으로 자유와 민주주의가 만개하기 시작하던 시절이라 전제군주 정치체제인 러시아를 변혁시킨 나로드니키, 러시아의 지식인들, 어머니의 고리키, '강철은 어떻게 단련되었는가'를 쓴 니꼴라이 오스뜨로프스끼 등을 통해 무궁무진한 인생의 교훈들을 배웠던 시절이다.

지금은 여러 직업을 가진 친구들이지만 함께 러시아에 대해 학습을 하며 지역에서 대중 속으로 들어가 실천하자고 약속을 했던 시절이었다. 그리고 혈기왕성한 열정적인 청년기였으므로, 세상을 변화시키는데 모든 노력을 경주하려는 자세가 충만했다. 전교조가 9월에 창립되었지만 불법으로 간주되어 교사들이 대량 해직된 해였다. 우리는 몇몇 친구들이 모여 새로운 세상을 만들어보자는 의지로 학습을 하며 우리의 정신세계와 미래를 개척하고자 노력하였다.

당시에 친구들과 함께 읽었던 글이 '러시아의 밤'이라는 책이었다. 이 책은 '베라 피그넬'이라는 '나로드니키(브나로드 운동을 실천하기 위하여 농촌으로 들어간 사회적 사상가들)'의 자서전이다. 손에 꼭 들어가는 문고판이어서 읽기가 참 편한 책이었다.

베라 피그넬은 1852년 6월 24일 러시아의 카잔 현(縣)의 귀족 가정에서 태어났다. 아버지 니콜라이 피그넬은 임업전문학교를 졸업하고 삼림(森林)감독관으로 봉직했으며, 형제는 6명이었다. 부친이나 모친 모두 근면하고 성실한 사람들이었다고 한다. 베라 피그넬은 러시아 짜르의 전제정치와의 싸움이 가장 격렬하던 시기인 1870년대에 사회변혁운동에 참가하여 활동하다 사형을 선고받았다가, 후에 감형되어 '러시아의 바스티유'라고 불리는 정치범을 수용하는 네바 강가의 요새감옥에서 22년의 세월을 보냈다.

피그넬은 숙부의 영향을 많이 받았다고 한다. 숙부인 크프리야노프는 종교적, 사회적, 신분적인 편견을 갖지 않았고 민주주의자로서의 보통국민교육, 노동에 의한 생활의 중요성, 부인의 평등권, 검소한 생활양식을 주장했다. 그녀는 숙부에게서 여학생시절에 '최대다수의 최대행복'을 추구하는 공리주의(功利主義)를 배웠다.

그리고 진실한 것, 바람직스러운 것, 해야만 하는 것이 삼위일체의 진리로 실행에 옮겨져야 한다고 믿었다. 그래서 대학에 들어가 의학을 공부해서, 병과 빈곤, 무지와 싸우는 지식을 가지고 시골로 돌아오고자 했다고 한다. '민중 속으로'라는 슬로건을 가진 전형적인 나로드니키 주의자들의 생각이었다.

피그넬은 감옥에서 지나온 날을 돌아보면서 유년과 청년 시절, 자신의 삶의 이상이 그리스도였음을 고백하였다. 그리고 '만약에 어떤 사람이 전 생애에 걸친 그리스도의 헌신적인 사랑을 모범삼아 살아가고자 한다면 그리스도교 사상으로 인해 겪게 되는 시련과 고통에 맞설 때만이 자신의 신념의 힘과 정신의 크기에 대해 알 수 있다.'고 자신만의 신념체계를 자각했다. 기독교의 힘은 이렇게 강한 것일까?

150여 년 전의 러시아의 이야기이지만 기독교적 세계관에서 예수의 고행과 사상을 모범이라고 생각하는 정신세계는 그 이후에도 계속된다. 많은 사회운동가들이 기독교에서 시작되어 목숨을 건 사회운동가로 발전하는 것은 필연적인 일일까?

그 당시는 군사정권이 유지되던 1989년이었기에 100년 전의 러시아를 생각하면서, 한편으로 두렵기도 하였지만, 짜르 체제의 러시아가 무너졌듯이, 언젠가는 한국의 군사정권이 무너질 것이라고 확신하고 있었다. 아니 확신을 하지 않았더라도 싸워야 한다는 삶의 의지가 있었다. 세월이 많이 흘러 그 때의 친구들은 각자의 길을 가게 되었고, 당시의 의지와 상관없이 살고 있지만, 그 때 우리는 그랬다. 베라 피그넬의 의지를 따라 배워야 한다고….

시대가 바뀌어, 현재는 낡은 사상이라 하더라도, 그 당시에는 그 사상이 시대적 산물로서의 이상이었음을 인정한다. 더불어 변화된 시대와 인간이성의 힘으로 올바른 사회제도와 정신, 철학이 변화하지 않을 수 없다고 믿고 있다. 어느 시대이든 기본적으로 인간에 대한 사랑과 배려심에 기초한 사회적 변화에 대한 갈망과 그 노력은 인정받아야 한다고 믿는다. 또한 고전적으로 배웠던 변증법에 근거해서 생각을 해봐도 한 시대의 시대정신은 그 시대를 풍미하는 대중들의 정신세계를 대변하는 것이기에, 넘치지 않고 비겁하지 않은 방법으로 사회를 변화시킬 수 있으며 시대적 산물로서 언제나 정당하다고 믿고 있다.

2009년에 다시 크로포토킨을 읽는 것은 19세기의 러시아의 역사를 읽으면서 그러한 방식으로 세상을 변화시키고자 함은 아니다. 나이가 들어 자신의 삶을 회고하는 사람의 정신세계와 인생역정을 알고자 함이며, 자신을 돌이켜 보는 잔잔한 여운을 느끼고 싶었다. 테러가 주요 활동방식이었던 무정부주의자가 아니라, 세상과 사회가 경쟁으로 치달으며 진화한다는 주장보다, 상호부조에 의해서 더욱 세상이 아름다워지고, 사회가 좋은 방향으로 발전된다는 생각이 2009년을 보내는 내게 더욱 가깝게 느껴진다.

크로포토킨은 1842년에 태어나 1921년에 죽었으니 79세를 살았다. 그리고 자신의 자서전을 57세에 썼다. 훗날 나도 내 삶을 회상하면서 기록할 수 있는 기회가 있었으면 좋겠다. 2009년을 보내면서 그렇게 생각해본다.

- 2010년 출간된 『서울만 수도면 지방은 하수도냐』 중에서

1992년 포항을 방문한 대학생 통일순례단 환영사 하던 중

시민운동가의 지방정치 참여 어떻게 볼 것인가?
- 지방정치가 양성이 개혁세력 수권의 지름길

정치는 과연 더러운가?

순수한 시민운동단체라며 정치와는 무관하게 시민을 위해 봉사하겠다는 이야기가 있다. 과연 이 말이 옳은가? 절대 아니다. 정치란 결코 더러운 것이 아니다. 한국사회의 굴절된 역사와 왜곡된 모습의 정치가, 정치판이 그렇게 만들었을 뿐이다. 그리고 정치를 하는 사람은 결코 특별한 사람이 아니다. 돈과 협잡이 아니라면, 시민운동진영에서 역할을 했든, 노동자를 위해 헌신을 했든, 자원봉사활동에 청춘을 바쳤든지, 어떠한 과정을 겪고 어떤 경로를 통하든지, 사람을 위하고 시대를 개혁하려는 의지가 있는 사람일 때 그 사람은 진정한 정치가가 될 수 있는 것이다.

그리고 개혁적이지 않은 정치란 있을 수 없다. 기존의 질서를 지키는 것을 강조하는 보수정치라는 말은 결코 옳지 않다. 정치라는 것은 현재와 과거의 정치판을 유지시켜 국민들에게 똑같은 동어 반복을 듣게 하는 것이 아니다. 정치는 지금보다도 더욱 사람이 인간답게 살게끔 제도적인 장치들을 고쳐나가는 일이다. 그리고 주민들이 사회적 문제와 가계의 생활이 결코 정치와 무관하지 않다는 것을 자주적으로 알게 하고 지역주민들이 자연스럽게 정치에 참여할 수 있도록 하는 것이 올바른 정치인 것이다. 이 세상 만물이 정치적이지 않는 것이 어디 있겠는가?

수권(授權)을 위한 양병(養兵)-지방정치

지방정치와 국가의 권력을 획득하는 일은 커다란 차이가 있고 질적으로도 분명히 다르다.

그리고 이번 2002년 지방의회선거가 국가권력에 대한 수권 능력을 가늠하는 공간도 아닐 것이다. 그러나 분명한 것은 이 나라의 방방곡곡에서 개혁적이고도 진보적인 시민운동가들이 지역주민을 대표해서 인생을 살아가겠다고 다짐하며 이번 선거에서 적극적인 활동을 시작한다는 것이다. 그러기에 통일된 나라와 혁신적인 민주주의를 위해 전국의 지방의회와 주민들의 생활 속으로 파고드는 지방정치가, 시민운동가들이 대중적이고도 획기적으로 양성된다는 것이 이번 2002선거에서 가장 의미 있는 일인 것이다.

시민운동단체에서 일하는 활동가들이 정치적이지 않은 일을 하는 것이 아니듯이 시민운동 전사(前史)에 있었던 시대변혁운동은 당연히 수권(授權)을 목표로 했었다. 사업과 활동방식이 변할 수는 있어도 시대가 변했다고 수권을 목표로 하지 않는다는 것은 시민대중들을 이해하고 대표한다는 운동가들이 가져야 할 자세가 아니다. 이 사회에서 목적과 목표 없이 행동하는 것은 아무것도 없다.

그리고 다른 나라의 경우에 지방정부를 장악하였다고 해서 국가 전체를 운영할 수 있는 것도 아니다. 그러나 국가의 운영과 수권의 능력은 하늘에서 떨어지는 것이 아니라 작은 지역에서부터 주민들과 동고동락할 수 있는 정치 활동이 있을 때 가능하다. 당연히 선거 시기만 중요한 것도 아니다. 주민들의 일상적인 생활에 필요한 요구를 해결해 나가는 자세와 활동이 필수적이기에 선거시기에만 정치활동이 중요한 것은 아닐 것이다.

2002년 선거참여를 계기로 정치세력화 하자는 것은 아니다. 문제는 과정과 경로이다. 이번 2002년 지방정치 참여는 수권을 목표로 하지는 않지만 이에 대한 인적 인프라를 준비하는 계기의 출발점이 될 것이다. 그리고 지방정치의 참여는 지역주민들과 동고동락하며 살아가겠다는 대중적인 출사표인 것이다. 물론 최선의 노력을 경주해서 출마자는 당선되고 또 당선 시켜야 한다.

2011년 3월 경산삼성병원 문제 해결을 위해

시민사회의 정치적 다양성

'시민사회운동과 함께 하며 수권을 할 정치세력을 어떻게 형성할 것인가?'라는 점은 향후 운동의 양적·질적 발전에 따라 변동이 일어날 것이므로 이러한 긴 전략적인 안목으로 풀뿌리 민주주의에서 시작하여 지역주민들에게 정치적 인정을 받을 수 있는 지방정치 참여와 주민자치운동을 전개하여야 한다. 아래로부터 지역주민들과 함께 힘을 모으며 통일된 조국과 겨레를 짊어지고 갈 수권능력을 키워나가는 것이다.

그리고 지방정치에 참여하는 시민사회운동의 정치적 다양성이 정치개혁과 사회개혁의 프로그램을 하나의 방향으로 잡지 못하게 하는 경향성이 있다. 또한 지방자치선거에 임하는 방향과 정책도 다르게 나타난다. 이러한 다양성 속에서도 시민사회운동 서로가 차이를 극복하고 힘을 합쳐 개혁적인 지방정치에 참여할 것이다. 그리고 이것은 향후 한국사회가 어떠한 정치구조로 정착되는 것인가를 반영한다.

　현재로서 다양한 운동의 집합체가 움직이고 있는 한국사회에서 어떤 시민사회운동세력이 중심이 되어 민족의 통일과 사회의 민주주의를 실현해갈 개혁적이며 진보적인 권력을 창출하느냐의 문제와 방법론은 운동의 다양한 스펙트럼만큼이나 차이가 있을 수 있다. 그러나 수권의 경로와 수권의 목적이 문제이지 운동을 하는 사람이라면 당연히 사회의 개혁을 위해서 제도적인 정치참여를 고려하지 않을 수 없다. 그리고 시민운동가들 속에서도 자발적으로 제도정치와 사회운동에 대한 역할을 분담해나가야 하는 것이다.

　시민사회운동 또는 진보진영의 정치적 다양성으로 인해 통일된 정치적 권위를 만들어나가는 것은 대단히 어려울 것처럼 보인다. 수권을 목적으로 하는 정당 중심의 정치활동은 여전히 유효하다. 그리고 수권을 목표로 하며 국민과 함께 호흡할 수 있는 정당을 만들어나가는 것이 앞으로의 운동적 정치적 과제가 될 것이다. 그러나 앞으로의 사회가 정당중심으로만 정치활동을 한다는 것은 시민사회의 발전방향과는 차이가 있을 수 있다.

선거는 즐겁게

포항북구 총선에서, 2012년

한국청년연합회의 지방정치 진출

이러한 전반적인 정치적 경로를 생각했을 때 2002년 지방의회 선거는 풀뿌리 민주주의 제도로서 직접 지역주민들에게 다가갈 수 있는 "성숙한 기회"이며, 2002년 지방의회선거를 기점으로 시민사회운동은 더욱더 지방자치선거에 매진하게 될 것이다. 지역에 뿌리를 둔 시민사회운동은 당연히 그간의 활동에 대한 검증과 시민사회운동의 정치적 프로그램에 의해서 지방의회 선거에 참여하게 되는 것이다. 또한 선거에 참여하는 운동가는 시민사회운동의 대표로서 참여하는 것이다. 참여하는 경로의 차이는 있을 수 있으나 참여자들에게 시민사회운동의 힘을 모아주어야 할 것이다.

KYC는 시민사회운동단체와 더불어 지방정치에 참여하여 지방의회에 발을 딛기 위해 준비해 왔다. 전국의 KYC지부마다 준비정도의 차이는 있지만 나름대로는 주체역량에 맞게끔 계획을 세우고 있다. 포항KYC도 크지는 않지만 지방자치센터에서 지방자치에 대한 활동을 해왔다. 주민들과 함께 하는 프로그램을 더욱 발굴하고 지역주민을 위한 지방자치가 되도록 노력할 것이다.

　　　　　　　- 2001년 6월 16일 포항KYC 지방자치 아카데미에서

시민운동의 제자리 찾기

시민운동의 등장

시민운동이라면 대체로 NPO(Non-Profit Organization-비영리조직) 또는

NGO(Non-Govermental Organization-비정부조직) 단체라고 알고 있다.

그러나 시대적인 배경을 따지면서 정확하게 말하면 이것은 틀린 말이다. 물론 시민운동조직이 비영리조직이자 비정부조직인 것은 맞지만 비영리조직, 비정부조직이 꼭 시민운동인 것은 아니기 때문이다.

과거에도 NPO, NGO는 있었다. 21세기에 들어서서 일컬어지는 시민운동과는 다른 말이다. 그러기에 굳이 시민운동이라는 영역에서 활동하는 단체의 이름을 들라면 시민사회운동조직(Civil Society Movement Organization)이라는 말이 맞을 것이다.

87년 6월항쟁 이후 한국사회에 절차적인 민주주의가 정착되면서 한국사회의 새로운 변화를 추구하기 위한 시민운동조직이 나타나기 시작하였다. 먼저 한국사회에서 경제정의를 실천하겠다는 목적을 가지고 경실련이 태어났다. 그전까지의 사회운동은 한국사회의 변화를 빠르게 추진하고자 하는 이른바 '재야운동'만 있었을 뿐이어서 경실련은 기대와 질시를 한몸에 받기도 하였다. 그리고 재야운동이 가진 반독재운동의 정통성은 오늘에도 빛난다. 또한 재야운동은 파시즘적인 정권을 물러가게 하는데 가장 큰 역할을 하였다. 그러나 그 이후 한국사회의 변화라는 측면에서 시민 사회의 대중적인 힘을 얻기에는 역부족이었다.

  1990년대 후반부터는 시민운동영역이 대중적인 차원에서 성장하기 시사작하였다. 한국사회의 시민들이 어떠한 운동을 원하는지 그리고 시민운동이 국민들의 정치적, 사회적 정서와 부합되는 지점이 어디인지를 잘 찾은 것이다.
  어느 지역에 가도 시민운동단체가 하나쯤은 있게 된 것이 시민운동의 현주소이다. 그리고 그 시민운동단체는 그 지역사회에서 나름대로 영향력을 가지고 있다. 또한 다른 사회적 세력도 지역 시민운동의 활동을 주목하며 서로 비판하기도 협력하기도 하며 지역의회와는 다르지만 또 다른 시민들의 대변자로서 견제와 조화를 추구하고 있다.

그리고 시민운동은 이 사회에서 사회문제이든 생활의 문제이든 시민들 스스로가 문제를 깨닫고 해결할 수 있는 사회적 관계를 만들어 가는 역할을 한다. 그렇기에 시민운동은 시민들과 더불어 활동하며 시민들에게 영향을 끼치며 시민들로부터도 비판과 존중을 받게 되는 것이다. 이러한 시민사회의 사회적 관계로부터 시민운동은 권력4부라는 언론과 더불어 권력5부라는 사회적 권위를 누리게 되리라 확신한다. 21세기는 서민이 스스로 일어서는 시대이며 이 자각적 시민들 속에서 시민운동은 꽃 필 것이다.

시민운동의 도덕성

시민운동단체의 경제적 어려움은 근래의 문제만은 아니고 앞으로도 계속해서 고민하고 해결해야만 하는 문제이다. 기업도 시민사회의 일원이기에 기업의 사회적 역할을 부정할 수 없다. 당연히 기업도 시민사회운동에 관심을 가질 수 있으며 재정적인 방법으로 시민운동을 도울 수 있을 것이다. 그렇지만 시민운동단체와 기업과의 협력은 '거래'가 아니어야 한다는 명쾌한 대전제가 있어야 한다.

'아름다운 재단'이라는 단체가 있다. 이 단체도 시민운동단체이다. 그런데 이 단체는 시민운동이 필요로 하는 재정을 만드는 단체이다. 시민운동단체들이 경제적으로 얼마나 어려우면 시민운동단체를 지원하는 시민단체를 만들었겠는가? 그것은 시민운동과 시민운동을 하는 사람들이 "자신의 이익 때문이 아니라 자기가 아닌 시민대중을 위해 헌신하고 있다는 것"이 "아름다운 재단"이 존재하게 하는 원동력이다.

이렇듯 경제적인 어려움을 타개하려는 자립적인 활동에서 시민운동의 생명력과 건강성을 볼 수 있다. 시민운동에 대한 충고나 비판은 좋으나 '숲을 보지 않고 나무만 보는' 비난은 시민운동의 긍정적인 역할을 감소시킬 뿐만 아니라 사회적 소금이라 할 수 있는 시민운동의 제자리를 잃게끔 한다. 그렇더라도 매 시기마다 시민운동에 참여하는 사람이나 시민운동영역에서는 철저히 자기반성의 활동을 전개하여야 한다. 시민운동 내부에

2010년 5월, 경산경상병원 텐트농성장에서 도립병원화를 주장하며

서 자기 정화를 하지 않는다면 누가 이를 해줄 것인가?

그리고 시민운동의 자기 정화 활동은 공개적인 토론과 절차를 거쳐 시민대중들과 함께 하는 것이어야 할 것이다. 시민운동의 뿌리는 평범한 시민들에게 있으므로 건강한 시민들로부터 시민운동이 외면 받는다면 이를 회복하기에는 시민운동을 처음 세우는 일보다 더욱 힘들 것이다.

시민운동가의 사회적 역할과 자기성찰

시민운동의 활동방식과 내용을 채울만한 규범은 없는 것일까? 단지 시민운동가의 성격이나 개인적인 활동양식에 의해 이루어지는 것일까? 만약 시민운동가의 개인적인 활동양식에 의해 이루어지는 시민운동이라면 너무 허술한 것이 아닌가?

시민운동의 활동목적은 이 사회에서 부조리를 없애고 공공성과 합리성을 이루는 데 있다. 또 그 활동 방식은 민주적이고 공개적이어야 하며, 시민대중이 이해할 수 있는 것이어야 한다. 즉 현재의 보편적인 시대정신과 부합되고 시민들이 이해할 수 있는 일반적 상식에 근거해서 활동을 전개하게 된다. 그러기에 시민운동가의 활동방식은 크게 보면 규범이 없는 것이 아니다.

어려운 경제적인 고통에도 불구하고 사회의 소금이 되겠다고 다짐하며 사회적인 책임을 가지고 활동하는 시민운동가들은 시민들이 모셔와 자격을 주듯 인정해주는 공인(公人)은 아니다. 시민운동가는 자임(自任)해서 공익을 위해 일하겠다고 결심하고 실천할 뿐이다.

그렇지만 다수의 시민들의 의견과 이해를 구해서 만들어진 시민단체도, 선임된 시민운동가도 아니지만, 언론을 통해서나 시민사회의 통념으로 보아서 시민운동단체의 운동가들은 공인이라고 해도 크게 틀린 말이 아니다. 사회의 공공선(公共善)을 위해 활동하는 전문적인 직업을 가진 사람인 것이다. 사회사업가나 정치인, 유명해진 연예인도 공인이듯이, 시민운동가도 공인인 셈이다.

하여 시민운동가는 자임한 공인이기에 더더욱 자신의 몸가짐과 예절, 도덕성에서 시민들의 인정을 받을 수 있는 자세로 활동하여야 한다. 이것은 시민운동가를 믿고 따르며 재정적으로 후원하는 시민대중들을 위한 기본적인 생활자세이며 그렇지 못할 때는 분명히 그 시민운동가는 시민운동과 함께 쇠락의 길을 걸을 수밖에 없을 것이다.

시민운동가는 대체로 시민들로부터 인정을 받는다. 자신들의 생활고에도 불구하고 시민들과 더불어 살아가는 사회를 만들기 위해 노력하기 때문이다. 그리고 힘 있고 가진 자들보다 약하고 없는 사람의 편에 서서 일하는 것이 시민운동의 큰 영역중의 하나이므로 가계생활이 어려운 서민들은 더욱 시민운동가에게 거

경북시민참여포럼 회원들과 김해 봉하 묘소에서

는 기대가 클 것이다.

　시민운동의 발전과 퇴보는 시민운동가에게 달려 있다 시민운동이라는 '간판'이 활동을 하는 것이 아니다. 시민대중들로부터 인정받고 존중받는 시민운동가의 활동과 생활자세가 아니라면 시민운동이라고 이름 붙여서도 안 되는 것이다. 왜냐하면 시민운동은 시민들을 위해 있는 것이기 때문이다.

한국사회에서의 시민운동의 비젼(Vision)

　시민운동은 기본적으로 자원봉사활동(자원활동)이다. 사회복지문제, 환경문제, 평화통일분야 등 그 어떤 영역의 시민운동이든 그것은 분명히 "블런티어(volunteer)정신"을 가지고 있다. 이

야스꾸니 신사 앞의 구단회관에서 한국청년들 시위, 필자가 촬영

러한 블런티어 활동에서 부를 축적하는 것은 불가능하다. 분명
히 말해 시민운동가들은 돈을 벌기 위해서 시민운동을 하지는
않는다. 그렇지만 그들은 묵묵히 일하고 있으며 사회는 조금씩
밝아지고 진보해가고 있다. 여기에 시민운동과 시민운동가의
비전이 있는 것이다.

시민운동의 발전은 곧 사회적인 발전으로 변화되며 그 사회
적인 발전은 개혁과 혁신을 통해 이 사회를 공동체의 사회로 나
아가게 한다. 이것이 시민운동의 사회적 생명이다. 또한 시민운
동가가 자발적으로 나서서 일하는 이유도 공동의 선을 행하기
위함이다. 그 속에 시민운동가의 존재가치가 있는 것이다.

시민운동은 사회적인 힘으로 보아도, 정당과 같은 정치적 행동은 하지 않으나 사회적으로 큰 역할을 하고 있다. 그리고 대다수의 시민들도 시민운동의 역할을 인정하며, 시민운동이 사회의 소금으로서 부조리한 문제를 고치는 활동을 계속해서 해줄 것을 기대하고 있다.

이번의 역사 교과서 왜곡문제만 보아도 한국정부나 중국정부가 하지 못하는 일을 일본의 시민운동단체들이 해결해나간다. 일본 시민운동의 활동을 보더라도 권력에서도 할 수 없는 일을 시민운동은 할 수 있다. 또한 대단한 위력을 발휘할 수도 있음을 알 수 있다. 그리고 지역사회에서도 환경문제 주민문제 등 지역사회의 현안들을 해결하기 위해 노력할 것이다. 문제를 해결해 나가는 데 있어서 주민들과 함께 시민운동단체와도 함께한다면 그 과정과 논쟁이 힘은 들겠지만 해결하지 못할 문제는 없으리라 여겨진다.

그리고 시민들과 함께 하는 시민운동이라면 한국사회의 구조적인 모순과 제도를 점차적으로 개혁적으로 변화시켜 갈 것이라 확신한다. 지역사회의 환경문제, 주민의 생활문제 그리고 분단된 한반도의 허리를 이으려는 통일운동도 전개해 나가야 한다. 더 나아가 국제사회에서 각 나라의 시민운동단체들과 연대해 지속적인 평화운동을 전개하여 우리겨레의 평화를 이루는데 큰 도움이 되는 역할들을 하나씩 하나씩 펼쳐 나갈 것이다.

- 2004년 책 『생각의 흔적』 중에서

풀뿌리자치운동과 분권 그리고 참여민주주의

자치와 분권

'자치'라는 개념은 시민사회를 지향해 온 민주주의 발전 역사 중에서 가장 상위에 서 있는 시대적 이념입니다. 인간은 '단체생활'의 부자연스러움과 억압으로부터 벗어나려고 하면서도 결국 '단독자(單獨者)'로 살 수 없기에 군집을 이루어서 생활하게 됩니다.

인간은 지역사회 혹은 공동체를 이루어 나가기 위해서는 스스로 그 군집을 관리하고 다스려 나갈 수밖에 없습니다. 민주주의라는 정치적 기제도 이러한 공동체를 이루어 나가기 위한 시스템이요 방법론인 것입니다.

자치와 민주주의는 참여를 기반으로 하게 됩니다. 특히 고도로 발전된 민주주의는 플라톤의 철인(哲人)국가처럼 이성적이고 자각된 시민이 다스리는 공동체사회가 될 것입니다만 아직 최고의 자각된 이성적 인간은 존재하지 않을 것이고, 존재한다 하더라도 대다수를 점하지 않을 것이기에 자치운동이 필요하게 됩니다.

분권(分權)운동은 권력을 나눈다는 의미로 통하고 있습니다만 그것은 현재의 시대적 상황이 국가의 균형발전이 중요시되기에 정치적 과제로만 중요시 여겨집니다. 삼권분립을 넘어 권력의 지역적 편차를 없애기 위한 중앙으로부터 지방으로의 권력이동, 그리고 경제적 부의 재정분산 또는 분권, 그리고 교육분권 등 인간이 국가로부터 기회의 균등과 삶의 질을 보장받기 위해 노력하는 과정에서 한국사회의 정치적 과제로 다가온 것이 분권운동입니다.

인간은 서로간의 수평적 관계를 지향하면서 역사를 발전시켜 왔습니다. 인간이 가지는 권리도 마찬가지일 것입니다. 필요에 의해서 국가가 만들어졌지만 국가로부터 억압받지 않고 존중받으며, 삶의 질을 서로 나누어주는 시스템을 추구하는 것은 결국 분권운동인 셈입니다.

스스로 지역공동체를 다스린다는 '자치'나 인간적 권리를 추구해나간다는 수평적 '분권운동'은 현대의 시민사회에서 참여 없이는 이루어 질 수 없습니다. 참여가 피곤하고 성가신 일일지라도 참여하지 않고 사회가 인간을 위해 또는 자신을 위해 나아질 것이라고 생각하는 것은 남의 희생 위에 자신은 이익만 보겠다는 '도둑놈 심보'입니다.

아직은 모든 시민들이 이성적인 자각을 통해 사회의식을 가지게 된다는 것보다는 당장 하루하루의 생을 영위하는 것이 각박하고 어렵기 때문에 모든 사람들이 사회적 참여를 한다는 것은 결코 쉬운 일이 아닙니다. 그렇지만 사회적 진보를 위해 자치와 분권을 실현하고, 지역공동체 또는 사회적 일반에서 참여를 주도적으로 먼저 개척하려는 우리들이 있습니다. 물론 그 사회적 주도성은 일정 정도의 정치적 주도성을 갖게 됩니다. 먼저 고민한 사람이 사회적 활동에 먼저 뛰어들게 되기 때문일 것입니다.

풀뿌리자치 주민조직은 NGO 인가? 정치적 대중조직인가?

지역의 풀뿌리자치 시민대중조직은 NGO(비정부기구)로 분류되기도 하고, 풀뿌리자치라는 정치력을 담보한 대중조직으로 알려지기도 할 것입니다. 그러나 NGO로 불리든지 정치성 있는 대중조직으로 알려지든지 어떻게 불리는지는 중요하지 않다고 저는 판단합니다. 흑묘백묘론으로 이 문제를 바라보면 좋을 듯합니다. 그리고 당연히 지역과 시민들을 위한 활동을 얼마나 잘하는가 하는 점이 가장 중요하기 때문입니다.

극단적인 표현이기는 합니다만, 이 사회에서 존재하는 어떤 조직이든 정치성을 발휘하지 않는 조직은 없습니다. 어떤 계모임이 있다고 할 때, 선거시기에는 어떤 논쟁이라도 하게 되고, 선거에 대해 서로 중립을 지키고 개별적으로 알아서 판단하자고 결정하더라도 결국 그것 또한 정치적 판단이기 때문입니다.

소위 말하는 시민운동을 하는 NGO가 정치적 중립을 운운하면서 정치적 사안에 대해 입장을 가지지 않고 '공동의 선'을 위해 일한다면서 '행정수도 이전의 위헌성 여부를 가려달라고' 헌법재판소에 위헌소송을 하여 한쪽의 편을 들게 되는 상황이 벌어지기도 하는 권력 제5부-NGO의 시대에 우리는 살고 있습니다.

우리는 차라리 어설프고 오만한 NGO보다는 대다수 시민의 이해를 지키기 위해 정치적인 의견을 가지는 단체를 지향하는 것이 나을지 모릅니다. 시대적 과제와 사회적 문제를 해결하기 위해 정치적 입장을 띠어야 한다면 또 그렇게 할 수 밖에 없습니다. 또한 그 지향은 다수의 복지를 위한 길일 것입니다.

지역사회에서 시민들의 자발성, 참여민주주의의 힘은 풀뿌리 민주주의에서 나오며 자치와 분권의 정신도 아주 작은 지역인 동네에서부터 나온다고 생각합니다.

위로부터의 운동을 일으켰던 개발독재시대의 '새마을운동'을 통해 '새마을지도자협의회'와 '새마을부녀회'가 생겨났다면, 우리는 아래로부터의 풀뿌리자치 활동가들과 주민들이 힘을 합쳐 동네와 지역공동체에서부터 참여민주주의의 완성을 일으키고자 함입니다.

많은 사람들이 개혁을 주창하고 또 개혁을 하지 않겠다는 시대는 없었습니다. 그러나 계속해서 실패했다는 평가가 나오는 것은 '저 아래의 지역주민'에게 다가가지 못하는 한계가 있었기 때문이라고 판단됩니다. 즉 현재의 새마을 지도자 숫자만큼 풀뿌리 자치활동가들이 있다면 절대로 지역사회의 개혁과제를 실패로 만들지는 않을 것입니다.

궁극적으로 풀뿌리민주주의, 주민자치역량을 통해 진보적, 개혁적 정부를 추진하는 길만이 개혁을 안정궤도 위에서 영속적으로 추진할 있다고 저는 믿습니다.

풀뿌리자치 주민조직은 지역사회에서 생활의 어려움을 지역주민들과 함께 토론할 수 있는 자리이자 공동의 힘으로 함께 해결해가는 조직입니다.

또한 풀뿌리 주민자치조직은 지역주민들의 이해를 생활 속에서 과학적으로 대변하는 조직입니다. 물론 과학적이란 말은 지역공동체의 정책적 대안을 충실히 수행한다는 뜻입니다.

그러므로 지역주민들의 생활 속의 자치역량을 모아낼 수 있는 단체인 것입니다. 즉 지역사회에서 주민자치역량의 결집체인 셈입니다.

자치의 문제는 정치적 지도력에서 시작하는 것이 아니라 주민들과의 생활 속에서 먼저 이루어집니다. 일상생활의 어려움을 해결해 간다는 것이 말처럼 쉬운 것이 아니지만, 일상생활과 지역혁신을 위한 활동 속에서 주민들로부터 인정을 받는다면 정치적 권위는 당연히 생겨날 수밖에 없습니다. 주민사업을 통해서 대안적 지역정치를 선도하는 풀뿌리자치연대조직이 되어야 일상시기이든 선거시기이든 지역적 역할을 크게 할 수 있을 것입니다.

그리고 풀뿌리자치 주민조직은 지역의 혁신을 위해 지역시민사회들과 공동의 노력을 추구할 것입니다. 시민사회를 이루는 여러 가지 축, 즉 지방자치단체, 지역기업, NGO, 전문가 등과 힘을 합쳐 지역사회의 경제적 발전을 이룩하는 것도 지역주민들에게 대단히 중요한 일입니다.

풀뿌리자치 주민조직은 지역주민, 지방장치단체, 기업 등 여타의 시민사회세력과의 공개적인 포럼 같은 토론의 장을 열어 지역주민들의 다양한 의견을 청취, 교환하고 지역현안에 대한 토론의 결과물을 실제 지역사회와 지방자치단체에 적용할 수 있을 것입니다.

이렇듯 풀뿌리자치 주민조직은 지역사회에서 주민들의 이해를 대변하는 주민들의 단체이기도 하고, 정치적 지향을 담보한 주민들의 조직이기도 합니다. 그리고 한편으로는 지역공동체사회에서 공적인 토론영역을 이끌어 낼 수 있는 중요한 기제이기도 합니다. 이것은 정치적인 목적을 지향하는 정당으로서는 만들어 낼 수 없는 문화이기도 합니다.

풀뿌리자치와 참여민주주의 아름다운 날을 위하여

지방선거시기만 되면 풀뿌리자치와 참여민주주의의 정신을 해치는 지역의 토호들, 이들을 극복하기 위해서는 지역주민들을 중심으로 자치역량의 강화가 필수적입니다. 이를 위해서는 풀뿌리민주주의, 즉 동네주민들과 더불어 자치운동을 하는 방법 외에 다른 방법이 없습니다. 이것이 풀뿌리자치 주민조직의 자부심을 갖게 하는 최대의 사명이자 과제입니다.

시간이 부족하고 역량이 미흡하여 완성도가 떨어질 수 있을지도 모르지만 최선의 노력을 다하여 이 나라 풀뿌리민주주의의 확대와 발전, 자치와 분권의 정신으로 넘치는 지역공동체를 만들어가는 것이 개혁을 완성해가는 지름길입니다.

또한 전국 234개 시.군.구의 주민자치역량을 기반으로 참여자치, 지역혁신을 이룩해 나가는 것이 곧 풀뿌리민주주의가 만개한 주민자치활동가들의 개혁정부로 가는 길이기도 합니다.

                                        - 2004년, 풀뿌리자치 활동가 전국수련회에서

김경수는 무죄다

포항참교육학부모회와 간담회에서

서울만 수도면 지방은 하수도냐?

자치분권전국연대 사무처장으로 활동할 시기, 헌법재판소에 의해 신행정수도건설추진법률이 '관습헌법'이라는 초법적 발상으로 인해 위헌으로 판결되자, 서울 종묘공원, 대전, 천안, 조치원 등으로 지방분권과 국가균형발전을 위한 국민들의 시위가 전국적으로 번지면서 끊이질 않았다. 나도 참여자로 그 현장에 늘 있었다.

한번은 세종시가 들어서는 연기군 조치원읍에서 대전의 오욱진과 같은 양심 있는 시민운동가들 그리고 연기군의 농민들과 경운기를 끌고 1번 국도를 따라 신행정수도를 반대하는 서울시에 항의하기 위해 시위를 기도했던 적이 있다. 솔직히 필자는 참여정부 때 거의 야전에서 생활을 하다시피 했다. 심지어 군사정권의 대를 이은 정부가 아닌데도 시위를 해야 하니 '사는 게 참! 힘들다'라고 생각했던 적이 있으니까….

세종시 문제 때문에 정국이 시끄럽다. 정치논리로 접근하지 말라는 이명박대통령측의 주문은 오히려 정치논리라는 반증이기도 하다. 여야의 대치를 넘어 이미 여권내부의 정치대결의 대치선으로 나타났다. 훗날 역사가 말해주겠지만, 박근혜 전 대표와 이명박 대통령이 벌이는 이 희대의 정치싸움에 국가의 백년대계인 세종시문제가 희생된다면 두 집단 모두 대한민국의 역사에서 나라를 팔아먹은 을사오적에 비견될만한 일이다.

환경공학을 전공으로 하는 내가 하수도라는 단어에 부정적인 의미를 담고 싶은 마음은 없다. 수처리(水處理)에 대한 공학적인 시스템이 없었다면 아직도 중세의 도시처럼 전염병으로 인해 많은 사람들이 죽어갈 것이다. 또 수명도 지금보다는 2~30년 짧아졌을 것이다.

그렇지만 보통의 '하수도 시궁창'이라는 말이 사람들에 의해 회자 될 때는 더러운 것, 하찮은 것, 상수도보다 한참 못한 것으로 이해되기 때문에 하수도라는 말이 나쁜 의미로 들리는 것은 어쩔 수가 없는 사실이다.

'서울만 수도(首都)'라는 말과 '지방은 하수도(下水道)'라는 말은 비교의 대상이 아니지만 상수도와 하수도, 수도와 비수도(非首都)라는 말의 이상한 조합이 국민들에게 지방의 어려움을, 지방민의 서러움을 나타내는 것을 알아차리는 데에는 많은 시간이 걸리지 않는다.

"서울만 수도면 지방은 하수도냐"라는 이 말은 2004년 9월,

헌법재판소 앞에서 신행정수도건설에 관한 법률의 위헌판결을 규탄하기 위해 시위를 준비하던 중 필자가 착안한 표어이다. 당시 대전, 천안, 조치원 등 대대적으로 일어난 충청도민들의 시위와 헌법재판소 규탄대회에서 자연스럽게 나타났고, 또 어느 일간신문의 '베스트 말말말'에 링크된 말이기도 하다.

대한민국은 엄연히 성문법사회이다. 다시 말해, 대한민국은 불문법사회가 아닌 헌법조문이 존재하는 국가라는 말이다. 대한민국의 국민이라면 학창시절의 사회시간에 성문법과 불문법, 관습법에 대해 공부하였을 것이다. 당연히 대한민국은 관습헌법이 적용되지 않는 성문법사회라는 것이 상식이다.

그런데 헌법재판소의 관습헌법에 대한 궤변은 이러하다. 1392년 조선건국이후 수도(首都)로 정한 지역이 '서울'인데, 그 '서울'이라는 낱말 속에 이미 '수도'의 의미를 내포하고 있으며, 또 지금까지 수도로서의 지위가 한 번도 바뀐 일이 없으므로 당연히 관습적으로 '서울만 수도이다.'라는 변명이다.

그렇다면 조선 500년 보다 더 긴 역사를 가진, 신라 천년의 수도인 '경주'가 관습헌법에 더 가까운 '수도'라는 것이 당시에 필자의 논리였다. 또 서울의 어원이 서라벌이라는 것은 모두 다 아는 사실이지 않는가?

헌법재판소는 경국대전을 운운하면서 우리나라 대한민국 헌법의 역사를 1948년 8월 15일이 아니라, 조선 성종 1481년,

15세기까지 거슬러 올라가야 한다고 말한다. 기가 찰 노릇이다. 헌법재판소의 재판관들이 봉건주의시대로 역행하는 사태를 보면, 헌법정신에 부합되어야만 하는 헌법학자들이 국민들에게 못할 짓을 하는 것이다.

필자가 요즘 들어 바라보는 세종시 문제는 오히려 독립운동에 가깝다는 생각이 든다. 강준만 교수의 지적대로 지방을 중앙의 식민지로 만들어 버리려는 중앙집권적 사고자들과의 독립투쟁이라도 치러야 할 상황이다. 세종시 문제를 정치논리로만 바라보는 여권의 정치싸움도 친일파 청산의 관점에서 바라봐야 한다는 생각이다.

대한민국은 거주이전의 자유가 있다. 그러나 2010년 대한민국은 서울에서만 살아야 대한민국의 국민으로 인정받는 분위기이다. 너무 극단적인 관점이기는 하지만 엄연히 존재하는 현실이다. 서울에 대한민국의 모든 것이 집중되어 있다. 교육, 돈, 사람, 문화, 사회적 경제적 인프라들이 모두 서울에만 있고, 서울만이 경쟁력을 가진다. 한적한 시골이나 중소규모의 도시에서 살고 싶어도 당장 밥벌이문제, 아이들 교육문제 때문에 이사 갈 엄두도 못 낸다. 교통지옥, 강남교육, 강남 땅부자들의 돈놀이에 지쳐 한숨만 쉬는 사람들. 바로 이것이 서울에서만 살아야 하는 2010년 서울공화국 백성들의 불쌍한 자화상이다.

1985년 8월 강원도 횡성으로 농활 갔다 오다가 원주역에서

국가경쟁력은 이미 개별 국가에 속한 도시들 간의 경쟁력으로 바뀌고 있다. 각 도시의 경쟁력이 다시 개별 국가의 경쟁력으로 나타나고 있는 것이다. 서울공화국만으로는 대한민국을 21세기 선진국가로 이끌 수 없다. 포항도 대구도, 대전도, 부산도, 대전도, 광주도 모두 당당히 세계와 어깨를 나란히 할 수 있는 도시경쟁력을 가져야 한다. 그래야 21세기 대한민국의 미래가 있는 것이다.

참여정부의 혁신도시와 국가균형발전은 이러한 철학과 비전을 가지고 시작한 것이다. 이것뿐 아니다. 쿠바에서 시작되어 유럽과 일본에서 유행하는 도시농업은 회색 콘크리트에 갇혀 사는 우리들에게 새로운 삶의 터에 대해 진지한 고민거리를 던지고 있다. 도시의 환경 순환적 문제로부터 출발한 도시농업은 과연 거대한 메가시티가 인간에게 맞는 삶의 방식인가를 생각하게 만든다.

인간은 누구나 군집을 이루며 산다. 그 군집의 발전이 마을이었고, 그 욕망의 절정이 지금의 서울공화국이다. 콘크리트를 걷어내고 나무와 풀이 자라나는 곳이 진정 사람이 사는 곳이다. 회색은 인공일 뿐이다. 녹색을 비롯해 모든 형형색색이 존재하는 곳이 바로 자연이다. 이 자연에서 인간은 살아야 한다.

세종시는 이러한 사람 사는 문제, 그리고 21세기 대한민국이 가져야할 경쟁력을 말하고 있다. 세종시가 원안 플러스 알파로 추진되고 참여정부의 정책인 국가균형발전과 혁신도시가 건설되는 것은 첫걸음일 뿐이다.

경쟁력 있는 도시는 자원 순환적 녹색도시로 다시 태어나야 한다. 탄소배출권을 비롯한 온갖 환경관련 이슈는 바로 녹색도시로 귀결된다. 여기에 더 나아가 농촌의 활력도 필요하다. 도시만이 가진 경쟁력과 농촌만이 가지는 경쟁력은 다르다. 서울과 지방의 상생과 더불어 도시와 농촌의 상생도 필요하다. 이것이 세종시를 중심으로 하는 중앙집권자들과 지방분권자들의 충돌 지점이다.

세종시는 독립운동이다. 지방을 서울공화국의 식민지로 만들려는 중앙집권적 사고와의 독립운동이다. '재벌프랜들리'를 이야기하며 국가 정책을 자본과 개발의 논리로 팔아먹으려는 친일파들과의 전쟁이다. 아울러 도시로 도시로만 몰려갈 수밖에 없는 현실과의 투쟁이기도 하다. 농촌도 사람 사는 곳으로 만들어야 한다는 농촌독립운동이기도 하다.

2010년 5월 경북도지사 정책을 발표, 경북도청에서

세종시는 녹색운동이다. 회색의 콘크리트에서 사는 우리를 녹색의 자연으로 이끄는 운동이다. 녹색도시, 환경 순환적 도시, 생태도시를 향한 그 첫걸음이 바로 세종시이다. 나아가 세종시를 시작으로 광역도시와 혁신도시들이 녹색도시, 생태도시로 전환되어야 한다.

세종시는 분권운동이다. 서울과 지방, 도시와 농촌의 상생을 말할 때이다. 서울에만 집중된 자원이 세종시를 비롯해 각 지역으로 분산되어야 한다. 도시에만 집중된 자원들을 농촌과 나누어서, 도시와 농촌이 함께 살아야 한다.

이것이 바로 참여정부의 국가균형발전의 요체이다. 어디든 살고 싶은 곳에 살 수 있는 '거주이전의 자유', 지방에서도 농촌에서도 밥벌이 하며 아이들을 교육시킬 수 있는 자유, 그리고 그 지방과 농촌에서 자란 아이들도 살고 싶은 곳에서 살 수 있는 자유를 주어야 한다. 그 첫걸음이 바로 세종시이다.

- 2010년에 출간된 『서울만 수도면 지방은 하수도냐』 중에서

남북환경협력, 그리고 분권시대의 꿈

  필자가 환경관리공단의 관리이사로 일을 할 때, 관심이 갔던 분야가 남북환경협력사업이었다. 개성공단은 북쪽이 땅을 제공하고 남쪽의 자본이 들어가 북한에게는 경제발전의 계기로 삼는 길이고, 남한은 북쪽인력의 낮은 임금을 통해 중국, 베트남, 인도 등으로 진출하려는 기업들의 외화 낭비를 막고 제품의 생산단가를 낮추어 기업의 경쟁력을 높이는 길이었다.

  개성공단!, 그 곳에도 환경 분야의 일이 있다. 필자가 직접 통일부의 개성공단지원단과 협의하여 소각로시설, 폐수처리장을 환경관리공단의 이름으로 운영하도록 추진하여 성사시킨 바 있다. 그래서 만든 조직이 환경관리공단 남북환경협력추진위원회였고, 내가 위원장으로서 환경관리공단이 추진하는 남북환경협력 사업을 수질분야, 대기황사분야 등 분야별로 보조를 맞추어 일을 했던 적이 있다.

  개인적으로도 성과를 거둔 좋은 경험이었고, 민족사적으로도 남북이 하나 되는 모범적 환경협력사업이었다고 자부한다. 그러나 아쉽게도 중국의 고비사막에서 불어오는 황사문제에 대한 대책을 세우기 위해 노력하다 정부가 바뀌어 개성공단도 얼어붙고 남북관계도 후퇴하여 결국은 그 일이 중단되었던 것이다.

내게도 개성공단 같은 꿈이 있다. 분단된 겨레를 잇는 일이다. 말은 간단해서 어렵지 않게 느껴지지만 매우 어려운 일이다. 그러나 나의 전공은 지금까지는 환경공학이다. 고려대를 입학할 때, 토목공학내에 환경공학이 포함되어 있는지 몰랐지만, 토목공학을 영어로 번역하면 Civil Engineering이라고 하는 것을 보면 일반시민들을 위한 공학이라는 소리이다. 즉 도시와 사회기반시설을 만드는 공학이므로 당연히 상수도와 하수도, 상하수 처리에 대한 학문도 포함되는 것이다.

환경공학의 전공자가 분단된 겨레를 잇는 것과 무슨 관계가 있는 것일까? 환경은 국경을 가리지 않는다. 분단선도 한계선도 없다. 민족과 국가를 묻지도 따지지도 않는 지구 전체의 영역이다. 인종차별이나 성차별이 없는 인간과 자연, 그리고 우리가 발 딛고 사는 땅의 모든 일이다.

고비사막에서 일어난 황사의 피해가 한국이 심하겠는가? 북한이 심하겠는가? 봄이면 서울에 황사가 왔다고 뉴스에 보도될 때, 북한의 피해가 더 크다는 것이다. 황사가 미국까지 간다는 말이 있는데, 황사에 대한 대책을 세우는 것은 남북이 같이 할 일이다.

또 대기 오염은 남북의 하늘만의 문제가 아니라 동북아시아 전체의 문제이기도 하다. 지금은 남북이 같이 공동으로 환경문제를 의제로 해서 논의할 자리가 없지만, 겨레가 하나 되어 가는 길에는 반드시 환경문제가 민족문제로 대두될 것이다. 아울러 동북아의 협력문제도 마찬가지이다. 통일한국에서는 비무장지대를 녹색공원화하자는 말이 있는데, 나쁜 의미는 아닌 것 같다. 이 또한 녹색환경에 대한 의제이다.

개성공단을 흐르는 강이름이 사천강이다. 이 사천강이 오염되면 임진강을 통해서 한강, 인천 앞바다가 오염되게 된다. 이렇게 물도 연결되어 있다. 결국 민족이 힘을 합쳐 물도 함께 관리해야 한다. 얼마 전에 북쪽에서 임진강의 댐을 열어 남쪽의 여행객들이 사망한 사건이 발생했던 경험과 비슷한 일이 생길 수 있는 것이다.

내게 또 하나의 꿈이 무엇이냐고 누가 물어 오면 '분권사회를 열어가는 것이다.'라고 말할 것이다. 지방분권, 국가균형발전, 지역분권, 지역균형발전, 지역혁신, 풀뿌리민주주의, 모두 분권화된 사회 속에서 생활과 맞물려 지역이 스스로 일어서도록 하자는 이슈들이다.

큰 권력을 나누어서 권력의 남용을 방지하는 것부터 국가권력을 국민에게 돌려주어 시민주권의 사회를 열어가는 것, 지방에 많은 권한을 위임해서 지역에서 살아도 자신감 있고 떳떳하게 살아가도록 만드는 것이다.

아이들이 가지고 노는 정육면체 퍼즐 큐빅이 있다. 이 큐빅은 26개의 작은 정육면체의 연결로 이루어져 있다. 그리고 연결고리로 인해 자유롭게 움직이면서도 땅바닥에 떨어질 때도 잘 깨어지지 않는다. 작은 큐빅마다 연결된 고리들이 충격을 완화시켜주게 된다. 분권은 시민사회시스템에서 이런 역할을 할 것이다. 분권사회의 대칭점들이 소통하여, 서로의 주장들이 토론과 타협을 거치면서 의견의 차이가 완화될 것이다. 궁극적으로는 '시민사회는 분권 세상'이라는 개념에서 서로의 의견에 대해 소중하게 받아들이는 시민사회시스템이 정착된다면, 해결안 될 문제는 없다고 믿는다. 물론 통합적이고 종합적인 대안도 필요할 것이다. 그 또한 전문성과 분권성의 종합을 통해 이루어질 방법론이다.

남북관계도 마찬가지라고 또한 믿는다. 남북의 중앙집권적인 권력이 충돌한다면, 서로 다른 남북의 의견을 해결하기 어렵겠지만, 남북이 모두 분권화된 사회를 지향하게 되고 서로의 의견을 민족사적인 대의를 가지고 해결한다는 입장에 서면 결국 남북의 평화는 궁극적으로 유지될 것이라 믿는다.

남쪽에서 지역공동체와 분권민주화된 사회가 구축되고 북한의 사회정치체제도 자유와 평등이 이룩되는 분권민주주의, 공동체를 지향하게 된다면, 아주 긴 시간이 필요하겠지만, 남북연합의 연립된 민족의 공동체를 만들 수 있을 것이다.

그래서 나의 꿈은 분권화된 남북연합의 민족공동체를 만들어 갈 때, 판문점에 남북연합을 준비하는 정부가 느슨하게라도 만들어진다면, 민족이 연합한 정부기구에서 미력하나마 환경 분야의 일을 해 보고 싶은 것이다. 그것이 나의 소원이다.

2007년 5월, 베트남 환경보호청을 방문 부국장과 함께

통일부 개성공단지원국에 드리는
개성공단폐수종말처리장 운영방안에 대한 견해

- 개성공단내에 폐수종말처리장을 (주)현대아산이 건설하고 있습니다. 이는 개성공단 100만평 조성에 맞추어 3만평규모의 폐수종말처리장이 필요하기 때문입니다. 그리고 1차적으로 1만5천평이며 내년 3월에 완공 예정입니다.

- 장차 개성공단을 관리함에 있어, 현재 북한의 환경기술과 환경문제에 대한 낮은 수준의 기술력으로 인해, 향후 북한이 개성공단에서 환경문제를 이유로 개성공단의 유지관리와 상호협력과 발전에 대해 이의를 제기할 개연성이 존재합니다.

- 앞으로 북한이 경제 개혁. 교역 개방의 길로 나아가게 된다면, 시장경제 도입과 산업화를 추진하게 될 것이고 이에 반드시 필요한 산업시설이 환경기초시설일 것입니다.

- 환경기초시설이 건설되고 이를 유지 관리하기 위해서는 환경기술에 대해 전문적인 기술력을 보유하고 있고, 환경시설을 운영함에 있어 충분한 경험이 있는 전문적인 기관이 반드시 필요하게 됩니다.

- 계속해서 협력과 발전은 하고 있으나 북한의 핵실험 등 한 번씩 일어나는 남북관계의 큰 장애상황을 볼 때, 개성공단의 폐수종말처리장을 운용하는 환경전문기관이 사(私)기업이었을 경우, 어떤 상황 발생 시 책임 있는 대처를 소홀히 할 개연성이 높습니다.

- 궁극적으로 시장경제와 산업화를 추진해야하는 북한을 예견할 때, 사기업이 운영하는 환경기초시설 필요성이 전반적으로 대두될 수 있으나, 그 분위기가 무르익기 전에는 책임 있고 공공성이 있는 환경관리공단이 일정기간동안 환경기초시설을 담당하는 것이 옳다고 판단됩니다.
- 수익우선, 기업이익을 추구하는 사기업이 개성공단의 폐수종말처리장 운영의 책임을 맡게 된다면, 공익성. 공공성을 기본으로 하는 환경사업이 기업이익에 매몰되어 남북관계의 악영향으로 등장할 개연성이 있습니다.
- 도래하는 남북관계의 변화, 북한의 시장경제도입과 산업화추진, 남북경제협력의 시대에 능동적으로 대처하고자 환경관리공단은 대한민국의 환경을 책임진다는 자세로 남북환경협력팀을 구성하고 남북경제협력과 환경산업의 접목, 이에 필요한 기초기술 및 자료 등을 연구하기 시작하였습니다.
- 개성공단의 폐수종말처리장에 대해 환경관리공단은 많은 관심을 가지고 있으며 남북경제협력시대에 환경기술로 보국하고자 합니다.
- 문화. 체육. 관광. 경제 분야처럼 비정치적 분야인 환경산업을 매개로 남북관계의 협력을 도출할 수 있음을 다시 확신합니다.

환경관리공단 관리이사 겸 남북환경협력추지위원장 유성찬 올림

2007년 5월, 중국 요녕성 환경보호총국과 간담회

지역갈등을 넘어 겨레의 통일로

조작된 기억 – 집단적 증오

카톨릭대 이삼성 교수가 쓴 '20세기의 문명과 야만'이라는 책에서 '허버트 허시'는 다음과 같이 '집단적 증오'에 대해 설명했다.

"집단적 증오를 영속화시키는 것은 여러 가지 정치적이고 이데올로기적인 제도들을 통한 사회화라는 과정 속에서 다른 집단에 대한 증오와 파괴의 이념이 집단적 기억으로 지속되기 때문이며… 또 기억의 정치란 곧 기억의 조작, 정치적 신화의 창조와 같은 것을 말한다."

우리는 한국사회의 가장 큰 병폐라고 하는 지역감정과 차별을 보면서 단지 지역차별과 갈등이 개인의 인격적인 소양이나 감정 때문에 발생한 것이라고 아무도 보지 않을 것이다.

영남지역에 광범위하게 퍼져 있는 '전라도 사람들은 뒤끝이 안 좋다.'라는 풍설(風說)처럼 뭔가 우리도 모르게 우리 머릿속에 주입된 기억이 우리 사회를 그렇게 이끌어 가는지도 모를 일이다.

경상도에 사는 내 경험으로도 실제로 그렇다. 어릴 때부터 '전라도내기는 안 좋다.'는 말을 주위의 어른들에게서 듣고 자랐으며, 고교시절 동네친구들이 '여수에 놀러갔다가 호남의 청소년들에게 아무런 이유 없이 경상도 사투리를 쓴다고 맞고 돌아왔다.'는 말을 들은 기억도 있다.

또 '전라도 주유소에서는 경상도 번호판이면 기름을 넣어 주지 않는다.'는 말이 아직도 영남에서 횡행하다. 이것은 분명 현실세계에 실재하는 현상이다. 만약 앞으로도 어린 청소년들에게 계속해서 '전라도 사람은 좋지 않다.'는 말을 주입시킨다면 과연 그 청소년들이 성장해서 같은 핏줄, 같은 겨레인 호남사람들을 어떻게 생각하겠느냐고 반문해 보면 끔찍하다는 말밖에할 수가 없을 것이다.

8.15 해방 이후 미국과 소련이 한반도를 반으로 갈라, 남과 북이 서로 적대시하게끔 만들어 놓은 후, 또 우리 남쪽은 동과 서로 '지역감정'이라는 '이데올로기'로 분할되었다. 그렇게 분할되어 서로 질시하게 된 것은 민족사에서 엄청난 불행이며 세계로 나아가야 할 새로운 세기에 국가적 에너지 낭비가 아닐 수 없다.

또한 지역에 대한 차별, 즉 태어난 지역이 다르다고 인간을 차별하는 것은 근본적으로 사람으로서 해서는 안 될 비인륜적이고 반인권적인 행태라 아니할 수 없다.

고대사에 나타나는 지역갈등

영호남 지역 간의 갈등, 호남차별로 인식되는 '지역감정이라는 이데올르기는 과연 어떻게 생성되었는가?'라는 질문에 대한 답은 우리의 역사에서 위정자들의 비겁한 농간이라고 필자는 스스럼없이 주장한다.

한국의 역사에서 지역감정의 시작과 끝을 얘기할 때 조선후기의 시대적 배경에서 서북지역이라고 불리어지는 평안도 백성들에 대한 차별대우나 지역갈등으로 폭발한 홍경래의 난을 말하지 않을 수 없다. 그리고 겨레가 반쪽이 난 분단의 역사 속에서 남쪽의 영호남 갈등과 호남차별은 오늘날이 봉건시대가 아닌 '자각하는 인간'이 존재하는 현대라는 시점에서 미루어 본다면 보다 더 심각하지 않을 수 없을 것이다.

영남과 호남의 원류인 신라와 백제의 원한은 지금으로부터 1300여 년 전인 660년에 당나라 13만 대군과 신라의 5만 대군이 합세하여 나당연합군을 형성, 백제를 공격하여 결국 백제가 멸망하게 됨으로써 골이 깊어졌다는 시각이 있다. 가능성이 있는 얘기이다.

대야성의 성주인 품석에게 시집간 김춘추의 딸과 그 일가가 선덕여왕 11년에 백제의 윤충에 의해 몰사하게 되었다. 또 이 죽음에 대한 복수심을 불태운 김춘추는 끝내 백제를 멸망시켰다.

또한 김춘추의 아들인 문무왕이 백제를 멸망시킨 후 백제의 마지막 왕인 의자왕의 아들 융을 만났을 때, 왕자 융을 말 아래 꿇어앉혀 얼굴에 침을 뱉고 꿇어앉아 술을 따르게 한 것은 삼국통일이라는 역사적 대업과는 엄청난 차이를 보여주는 일이다. 아니면 굴복한 적을 비웃는 행동은 정복국가체제에서의 당연한 처사였을지도 모른다.

삼국시대의 역사는 승자의 역사였기에 김부식의 삼국사기처럼 신라중심의 역사기록을 하였을 것이 뻔한 이치이다. 역사시대를 거슬러 올라 영호남의 갈등의 시작을 찾는다면 여기일 것이다.

지역차별의 원천으로 조작된 훈요십조

또한 훈요십조라면 우리가 역사시간에 빼 놓지 않고 공부한 내용이다. 서기 943년 태조 왕건이 죽기 직전 신하들에게 훈요십조를 주며 다음 세대의 왕들에게 전하라고 한 훈요십조는 불교, 풍수지리, 유교, 대외관계 등의 내용을 담고 있다.

그러나 훈요십조 중 8조는 '차현의 이남과 공주강 밖은 풍수지세가 배역하는 형상이니 사람도 반란을 도모할 것이다. 따라서 그 지역 사람들에게는 벼슬을 주지 말라.'는 내용을 담고 있다고 우리는 잘 알고 있다. 그리고 이 8조는 영호남 지역갈등을 얘기할 때 호남차별이 고려시대부터 전해온다며 강조되는 대목이기도 하다.

그렇지만 연세대 국문과 설성경교수는 훈요십조의 내용이 호남차별과 아무런 관련이 없음을 논증한 바가 있다.

태조 왕건이 말한 '차현이남 공주강외'는 호남 지역이 아니라 태조가 즉위할 무렵 잇따른 모반, 반란 사건이 일어난 홍성, 공주, 청주 등 충청 일부 지역이었다는 것이 그것이다. 즉, 차령이남과 금강이북 사이의 지역이라는 말이다. 또한 이 지역도 현종, 운종 대를 거치면서 불이익과 차별대우를 받지 않았다고 한다.

고려사와 동국여지승람의 기록에는 낙동강, 영산강, 섬진강을 3대 배류수로 꼽았다. 그러니까 금강을 배류수로 볼 수 있는 입장은 고려가 아니라 신라 측의 풍수지리설에서나 나올 법한 얘기이다. 통일신라시대 이후 역사와 지리는 당연히 신라를 중심으로 이루어졌다. 삼국유사 김유신조의 역류로 흐르는 강이 금강이라는 것으로 보아 금강은 고려의 배류수가 아니라 신라의 배류수임이 분명하다.

그리고 태조의 주위에는 개국공신, 왕후, 선사 등 다양한 부류의 사람들이 후백제 출신이어서 태조는 호남 지역을 차별대우하지 않았음도 알 수 있다. 또 왕건의 후삼국 통일정책이 민족의 화합과 평화였던 것을 보더라도 특정 지역을 배제하고 정치를 펴 나가라는 해석은 논리적 모순을 갖게 된다.

태조왕건이 후삼국을 통일하는 과정에서 후백제가 끝까지 대항하여 태조가 후백제인을 배제하라는 유훈을 남겼다고 말하곤 하지만 당시의 역사적 정황을 보면 후백제의 본거지였던 충청, 전라지역에서는 별다른 전투가 없었고 격렬한 전투가 있었던 지역은 도리어 경상도의 상주, 안동, 합천이었다.

지역차별의 분수령–정여립 사건

지역갈등의 문제를 이야기할 때 빼놓을 수 없는 역사적인 사건이 정여립 사건이다. 정여립 사건은 일반들에게 조선 선조 때 있었던 단순한 하나의 모반사건 정도로 인식되어 있으나 호남차별이라는 지역편견을 일으킨 정도와 피해는 극명하였다.

정여립은 1544년경 전라도 전주의 동래 정씨 가문에서 태어났다. 그는 어려서부터 통솔력이 있고 두뇌가 명석해서 과거에

급제한 후 이이, 성혼의 문하에 들어가 스승의 각별한 총애를 받았다. 그러나 당시 동인과 서인의 권력다툼 속에서 정여립은 정치적 변신을 꾀하기도 하다가 그 와중에 선조의 미움을 받아 선조 20년에는 벼슬을 버리고 낙향하는 상황을 맞이하게 된다.

그 후 선조 22년 정여립은 황해도 도사직을 맡겠다는 운동을 하다가 이 운동이 그의 정적들로부터 역모의 준비라는 의심을 받게 되었다. 그가 낙향해서 조직한 대동계의 세력을 황해도에까지 확대함으로써 서울을 남북에서 협공하려는 전략을 세웠다는 것이다.

드디어 선조 22년 9월 2일 정여립의 역모를 고변하는 내용이 담긴 황해도 감사의 비밀장계가 올라왔고 이 사건을 접한 선조는 선전관과 금부도사를 황해도와 전라도에 급파하여 정여립을 체포하려 하였다. 그러자 금부도사가 도착하기도 전에 정여립은 아들과 함께 진안 죽도로 도주하였다가 10월 18일 결국 자결하였다.

정여립 사건의 연루자들 중 황해도인들은 역모를 자인했지만 호남인들은 거의 불복했음에도 불구하고, 서인의 미움을 받았던 이발, 이길, 정개청 등 동인들이 정여립과 함께 모의한 사람들로 거론되어 정여립 모반 사건은 서인의 반대파인 동인을 숙청하는 기축옥사로 발전하였다. 당시 사건의 조사관은 서인 정철이었다.

2001년 8월, 북한청년들과 간담회

　이 사건으로 당시 가장 촉망받던 호남인들이 무참하게 처형되었고 특히 알성급제를 하여 장래가 촉망되던 이발은 정여립을 비호했다 하여 멸문의 화를 당하였다. 더 크기 전에 싹을 잘라버린 것이다. 그의 형제는 말할 것도 없이 노모와 어린 아들까지 처형되었다. 기축옥사를 통해 약 천 여명의 희생자가 생겼는데, 그것은 법의 준엄한 집행이 아니라 반대파를 제거하려는 의도가 내재된 감정 섞인 대옥사였던 것이다. 그 최대의 피해자가 바로 호남인들이었다.

　이 때부터 호남은 반역의 지역으로 주시 받았고 호남인의 중앙정계 진출이 어려워지게 되었다. 조선 후기의 실학자인 이익과 같은 지식인마저도 호남에 대한 지나친 편견을 갖게 되었을 정도였다. 이익은 '성호사설'에서 '전라도의 산수는 사방으로 흩어져 재덕이 드물고 인정이 교악하다.'며 호남을 멸시하는 글을 남겼다.

이는 앞서 말한 호남차별의 풍설이 많이 퍼져 있었다는 단적인 예이기도 하다. 그렇지만 이러한 특정지역에 대한 편견은 일제 때 식민사학자들에 의해 민족이간 술책으로 교묘히 악용되기 시작하여, 군사정권 시대에 선거 전략으로 악용한 정치적 산물의 결과로 판단할 수 있다. 즉 '조작된 기억'에 전 국민이 몰입된 것이다.

현대사에 나타난 지역감정, 지역주의

1971년에 치러진 7대 대통령선거에서 5백39만5천9백표(45.3%)를 얻은 김대중 후보는 6백34만2천8백28표(53.2%)를 얻은 박정희 후보에게 94만6천9백28표 차로 분패하고 말았다. 과거 선거에서 부정행위가 많았다는 것을 감안하면 실제로 어떤 후보가 당선되었을까? 하는 것을 상상하는 것은 어렵지 않다. 문제는 이 선거 때까지만 해도 지역감정이라는 것이 없었다는 것이다.

그 전에는 역사 속에서의 풍설을 빼고는 경상도, 전라도로 나누는 갈등이 없었다는 얘기이다. 원래 있지도 않은 것을 정치인들이 조작하고 왜곡하여 만들어 낸 것이 지역감정이고 지역주의이다. 특히 선거에 이용한 것이다.

해방 후 진주한 미국과 소련은 이 나라를 반으로 잘랐다. 그리고 이념의 차이라는 수단을 이용해서 철저히 적대시 하게끔 만들었다. 그리고 일어난 한국전쟁. 우리 민족은 치유하기에 대단히 어려운 민족상잔의 구렁텅이로 빠져들었고 앞으로 그 구렁텅이에서 벗어나기 위해서는 온 겨레의 전심전력의 노력이 필요한 실정이다.

마찬가지로 열강으로부터 나쁜 행동을 배운 군사정권은 자신들의 권력을 유지하기 위하여 유신독재 이후 영호남 지역감정을 부추겼고 그 이후 한번 갈라진 민심은 좀처럼 화합을 하려 하지 않는다. 이번 대선에서도 지역주의가 창궐하고 그 결과가 이 지역이 저 지역을 제압하는 방식으로 선거결과가 나와 지역감정이 더욱 부추겨질까봐 걱정이 태산이다.

1980년 5.18광주민주화항쟁의 시발은 신군부에 의한 지역차별에 기초를 두고 있다고 생각한다. 광주에서 경상도 군인들이 전라도 사람들을 다 죽이러 왔다고 했고, 군인들에게는 광주사람들은 모두 빨갱이니까 죽이라고 했다. 또 다시 훈요십조 이후의 배역의 땅인 셈이다.

빅홍근의원과 임수경의원과 함께

물론 어떤 지역, 어떤 이유에서도 정당화 될 수 없는 일이지만 왜 하필 전라도이고 광주인가? 이것은 우리 국민들 속에 무의식적으로 잠재되어 있는 '조작된 기억'을 불러일으키는가? 그 원인을 알기 어렵지 않다. 군사쿠데타에 의한 반발을 무마시키려면 차별지역으로서의 호남이라는 지역이 필요했고 또 그래야만 국민의 시각을 '전라도 사람들'에게 뒤집어씌울 수 있는 것이다.

그리고 진압도 용이하다. 당시까지 같은 민주화의 성지였던 부산에서 똑 같은 일이 일어났다면 광주처럼 되었을까? 아마 불가능하였을 것이다. 지역주의에 근거한 정치라면 사람숫자에 목매게 되어 있으니까? 통곡하지 않을 수 없다.

그 이후 계속해서 영남과 호남을 편 가른 선거와 정치활동이 계속되었다. 정치인들도 마찬가지이다. 정책과 소신이 아니라 자신의 당선과 영달 때문에 당선되기 쉬운 쪽으로 이합집산이 이루어졌다. 여기서 국민들은 희망을 잃어버렸다. 이게 무슨 정치인가

문제는 정치구조와 정치인이다

92년 대선과정에서 '부산초원복집 사건'이라는 것이 있다. 신한국당 대통령후보인 김영삼씨를 대통령으로 만들지 못한다

면 부산 영도다리에 빠져 죽어야 한다는 것이 당시 초원복집에 참석한 사람들의 대선행동강령이었다. 정책도 필요 없고 정견도 알 필요 없다. 오로지 동향이니까 되어야 된다는 것이다. 또는 호남사람들에게 정권을 맡길 수 없다는 말도 될 것이다.

이는 훈요십조 이후의 지역차별을 분명하게 보여주는 일이다. 여기에 무슨 개혁이 있고 국민의 복지가 있다는 말인가? 또 어떤 사람은 97년 대선에서 '우리가 남이가'라며 '지난번 김영삼 대통령을 당선시켰듯이 대구경북과 부산경남이 손을 잡고 이 나라를 살리자.'라고 지역주의를 고창한다.

이러한 사람이 이성이 있는 사람인가? 국민을 대표할 만한 자격이 있다는 말인가? 한심스럽기 그지없다. 이것이 한국정치의 현실이다. 국민들도 문제이다. 거기에 맞장구치고 자신의 자유를 지켜주고 복리를 증진시킬 정책에는 아무런 관심도 없다. 일종의 패닉 현상이다.

결국 훈요십조부터 조선후기 이후 군사정권에 이르기까지 한국정치사에서 지역주의, 지역차별이 안 먹히는 데가 없다. 이것을 뿌리 채 뽑아버려야 한다. 그렇지 않으면 한국정치의 미래도, 민족의 운명도, 평화통일의 길도 보장되지 않는다.

한국정치는 철저히 지역주의에 기초하고 있다는 어느 교수의 논거도 있지만 이제까지 그래왔던 것처럼 국론을 분열시키고,

국민들끼리 질시하게 하고 이를 통해서 위정자들이 나라를 가지고 노는 정치를 가만히 두고 볼 수만은 없다.

이것은 정치인들의 대오각성을 촉구하는 국민과 지역차별, 지역주의를 물리치려는 국민들의 힘밖에 믿을 수 없다.

2002 대통령선거를 불과 40여일 앞두고 있는 시점에서 이번 대통령선거에서도 지역주의가 판을 치려고 하고 있는 것이다.

1961년 박정희가 군사쿠데타로 권력을 장악한 이후 40여 년 동안 이 나라 정치구조에서 지역차별, 지역감정, 지역주의는 빼놓을 수 없는 요소였다. 박정희 이후의 권력자들은 지역주의의 혜택을 받은 사람들인 동시에 그것을 적극적으로 활용한 사람들이었다.

한국 현대사에서 지역주의적 정치구조가 나타난 것은 공화당 정권 이후지만 기승을 부리기 시작한 것은 80년 광주 이후이다. 김대중 내란 음모사건과 정여립 모반 사건이 흡사하다. 경상도 출신들이 대거 정치적 지배층을 구성하는가 하면 불균등 경제성장 전략에 따라 지역 간 격차가 심해졌다.

전두환정권, 노태우정권, 김영삼정권 역시 특정 지역 인사를 중심으로 나라를 경영해 나감으로써 지역주의와 연고주의를 심화시켜 나갔다. 김대중 정권도 많은 사람들의 기대와는 달리 지역주의와 연고주의를 극복하지 못했다.

지역감정을 조장하는 정당은 유감스럽게도 자신들의 구호나

명분과는 어울리지 않게 국민통합을 저해해온 세력들이다. 국민통합을 방해하면서 자신들의 사적인 이익을 챙겨온 정당, 이것이 현재의 지역주의 정치구조의 모습이다.

지역갈등을 넘어 겨레의 통일로

우리는 인간의 좋은 심성을 믿는다. 아무리 악한이라도 착한 면은 있다는 것이다. 필자는 기본적으로 사회저변에 흐르는 민족적 문화적 동질성이 영호남을 떠나 우리 국민 속에 자리잡고 있다고 판단한다. 그렇기에 영호남 화해를 위한 인간적인 교류는 계속해서 이루어져야 하고 서로 따뜻한 정을 나눌 수 있는 자리도 계속해서 만들어져야 한다.

그렇지만 제도로서의 영호남차별을 없애는 방식은 군사정권 시절 이후 지역차별을 이용해 자신의 권력기반을 유지해온 냉전수구세력을 극복할 때만이 진정한 동서화합이 이루어 질 수 있다고 믿고 있다. 또한 통일의 문제도 마찬가지일 것이다.

남쪽에서의 지역갈등과 통일은 별개의 것이 아니다. 동서화합 속에서 만들어진 남쪽의 정치적 사회적 상황은 통일에 도움이 되면 되었지 방해가 되지 않는다. 정치적으로 이용당해 온 영호남 지역갈등이 해소되어가면서 국민적 힘이 증폭되어, 민족적 갈등을 일으킨 외세로부터 자유로워지고 이념의 전쟁으로부터 민족적 동질감으로 돌아올 때, 우리 민족은 허심탄회하게 서로를 믿고 기댈 수 있는 것이다.

또한 그와 함께 전쟁세대와 전후세대가 민족적 시대적 사명에 대해 서로 동의할 수 있는 평화적 무드를 계속해서 추진해 나간다면 남쪽 내부의 갈등도 쉽지만은 않겠지만 해결될 것이라 믿는다. 서서히 세대가 흐르듯이 냉전수구세력은 물러가고 전후세대가 사회적 지도력으로 성장해나가고 있는 시대가 오고 있다.

그와 함께 동서간의, 남북간의 교류와 화해도 더욱 가속화 될 것이다. 이러한 좋은 시대적 상황은 우리 겨레를 화해와 협력의 과정을 지나 민족적 과제인 통일에 이르게 할 것이다. 시간은 우리 민족의 편인 것이다.

통일독일에는 '오시'(Ossi-동쪽놈), '베시'(wessi-서쪽놈)라는 말이 있다 한다. 통일이 된지 19년이 지났지만 옛 동독인과 서독인들 사이에 마음의 큰 격차가 있다는 것을 의미할 것이다. 통일된 독일이 그렇다 할진대 아직 통일은 차치하고 만나기도 어려운 우리들, 남과 북의 사람들은 서로를 조금이라도 이해 할 수 있을까?

아시안 게임과 같은 문화체육교류를 통해 조금씩 정서적 동질감을 배워가고 있지만 서로 만날 수 있는 공간과 사람의 수도 얼마 되지 않는다. 그렇지만 몇 년 전만 해도 만경봉호가 부산항에 입항한다는 것은 꿈도 못 꿀 일이었기에 우리가 민족통일에 대한 희망과 자신감을 가지고 계속해서 남북 민간교류를 실천해 나간다면 통일!, 못 이룰 바가 아닌 것이다.

제도적인 통일은 정서적인 통일위에 서지 않고는 버틸 수 없다는 것이 남북예맨의 예를 보면 금방 이해할 수 있다. 서로의 차이를 이해하면서 또한 서로의 차이를 줄여가면서 평화적으로 만남과 신뢰를 만들어간다면 결국에야 통일에 이르지 않겠는가?

2002년 11월 12일 민족화해협력범국민협의회
'한국의 지역갈등과 남남대화' 토론회의 발제문

남북분단시대와 최치원

역사를 이해하려다 보면 현재의 시대적 상황과 흡사한 시기가 역사 속에 존재한다는 사실에 놀랄 때가 있다. 현재의 시대 상황들이 과거 역사 속에 있었고, 그 역사속의 상황들이 다시 한 번 현재에 되풀이되는 듯한 느낌을 가질 때가 생기는 것이다.

이러한 경우를 두고 '역사는 반복한다.' 또는 '역사가 현재에 재현된다.'라고 표현한다. 한편 구체적인 상황의 유사함에서 더 나아가 '크로체' 같은 역사학자들은 '역사는 현재의 거울'이라며 '역사의 현재성'을 특히 강조한다.

그렇지만 역사가 아무리 반복되어지는 느낌을 받는다 하더라도 역사의 반복 그 자체가 중요한 것은 아니다. '반복되어지게 보이는 그 역사적 상황들을 우리가 어떻게 이해하고 받아들일 것이냐'가 중요한 것이다. 이것이 역사학자들이 '역사의 현재성'을 강조하는 이유일 것이다.

'모든 역사는 현재의 역사이다.'라는 명제로부터 우리가 무엇을 배울 것인가? 역사를 공부하는 이유는 당연히 역사로부터 교훈을 얻으려는 목적에 있는 것이다. 우리 민족의 역사적 경험들을 현실에 얼마나 잘 적용시켜 현재의 그릇된 시대적 상황들을 능동적으로 해결해 나가며 우리민족의 힘찬 미래를 열어 갈 것인가에 대해 고민해야 하는 것이다.

그렇다고 역사를 객관적으로 기술하자는 실증성을 무시하자는 것은 아니다. 강조하거니와 현재성이 없는 역사는 이미 살아 있는 역사가 아니며 옛날에 있었던 하나의 재미있는 이야기에 불과하다.

우리민족의 5천년 역사 속에 역사적 상황에 대한 교훈과 역사의 현재성을 생각해볼 만한 시대적 배경은 없었을까? 세계열강이 한반도를 집어삼키려고 각축전을 벌이던 대한제국시절과 주변 강대국들이 한반도를 자신들의 세력권으로 삼고자 하는 한국현대사를 단순히 비교해 본다 해도 쉽게 알 수 있다.

오늘의 한반도를 세계 속의 의젓한 국가로 올바르게 발전시키기 위해서는 다음과 같은 역사적 교훈을 얻을 수 있다. 구한말의 역사적 경험에서 '민족자존이 얼마나 중요한가', '세계의 변화와 호흡하며 나라를 이끌어 가는 것이 또 얼마나 중요한가?' 하고 깨닫게 된다.

역사로부터 배우는 교훈이 이렇게 중요하기에 이 글에서는 역사의 현재성이라는 의미를 염두에 두면서 우리 민족의 유구한 역사 중에 현재의 남북분단의 시대적 상황과 같은 처지에 있었던 남북국시대에 대해서 얘기해보고자 한다.

　우리 민족의 오천 년 역사를 돌이켜보면 또 하나의 남북대립의 상황이 과거에 존재했었음을 찾아볼 수 있다. 그 시대가 바로 역사학자들이 말하는 '남북국시대'이다. 고구려, 백제의 멸망과 함께 반도의 남쪽이 신라에 의해 통일이 되고 북쪽에서는 옛 고구려 땅에 발해가 건국되어 신라와 발해가 대립하던 시대를 '남북국시대'라 일컫는다.

　과거 일제 관변학자들의 악랄한 수법에 의해 고구려와 발해를 만주사에 포함시킴으로써 옛 만주의 역사가 우리의 역사가 아닌 양, 다른 역사권에 떠넘겨 버렸으나 역사적 고증들을 통해 우리의 역사 속에 발해사를 포함시키게 되었다.

　당시 신라인들은 '저 고구려가 오늘의 발해가 되었다.'라고 하였고, 발해 정부가 외국에 보낸 공식 문서에서 '고려 국왕'이라는 표현을 하여 고구려의 후손임을 보이고 있다.

　그리고 발해의 민족적 분포를 보면, 옛 고구려와 마찬가지로 고구려족과 말갈족으로 이루어져 있으며 대다수의 역사 자료들이 발해의 건국자인 대조영을 고구려 유민이라고 기술하고 있다.

2001년 8월 평양 순안비행장에서

　신라사람 최치원은 당의 인사에게 보낸 편지에서 '동해의 밖에 삼한이 있어, 그 이름은 마한, 변한, 진한이었는데 마한은 고구려가 되고 변한은 백제, 진한은 신라가 되었다.'하고 해서 옛 고구려가 다른 두 나라와 함께 한 개의 역사 문화권에 속해 있다는 것을 피력한 바 있다.

　그러므로 최치원은 발해가 건국된 뒤에도, 발해가 자기와 같은 핏줄임을 알았을 것이며, 발해와 통일 신라를 결국 한 개의 역사 문화권으로 보았을 것이다. 이러한 역사 자료들을 종합하여 보았을 때, 발해는 분명 우리민족의 일부인 것이고, 당시 사람들의 의식 속에 발해라는 북쪽나라를 남쪽의 신라와 함께 하나의 역사권으로 인정한 것이 보이므로, 신라와 발해가 대립하던 시기를 하나의 문화권이 두 개로 갈라졌음을 인정하여 남북국시대라고 일컫는 것은 타당한 것이다.

애초에 발해와 신라의 관계는 당이라는 공동의 적을 두고 있었기에 우호적이었다. 발해의 대조영이 당의 침공을 피하고 유민이 세력을 규합하려할 때 신라의 힘을 빌려온 적이 있으며 그 뒤 신라가 대조영에게 진골이라는 귀족의 신분을 하사하기도 하였다.

그런데 사정이 점점 달라져 갔다. 당의 동방정책이 크게 전환되어, 당이 신라의 반도지배를 승인하고 동시에 발해의 만주지배를 인정하였다. 당은 결국 중국의 전통적 대외정책인 대립세력의 상호견제를 통한 이간정책과 '등거리 외교정책'을 발해와 신라에게 철저히 적용시킨 것이었다.

산동반도에 신라관과 발해관을 동시에 설치하고, 양국사절에 대한 접대와 교역의 물량을 비슷하게 배분하였다. 또한, 당 과거에 두 나라 유학생들의 합격자 수를 같이하고 석차의 순위를 교대로 안배하였다. 이것은 두 나라의 경쟁심과 시기심을 조장시켜 서로간의 적대감정을 강하게 만들 의도였던 것이다.

한때는 발해가 당에 쳐들어가자 신라는 당의 요청을 받아 발해의 남쪽 변경을 공격하였다. 이에 위협을 느낀 발해는 아주 불리한 위치에서 일본과 교류를 맺은 적이 있었다.

이리하여 남북 양쪽은 서로가 망할 때까지 한 번도 화합할 수 없었으며, 당의 한반도 정책에 시종 조정되면서 당의 외교 정책의 의도를 깨닫지 못했다. 여기에서 신라가 당을 도와 발해를 누르려했던 사실은 후세에 역사적 비판을 받아 마땅한 것이었다.

끝으로 남북국시대 당시의 유명한 문장가이자 엘리트였던 최치원을 통해서 남북국의 시대 상황 속에 살았던 지식인들의 '시대를 바라보는 시각'에 대해 알아보자.

최치원은 남북국 시대의 말기에 신라가 낳은 동방제일의 명인이었다. 그는 소년시절에 당에 유학해서 최고의 교육을 받았고, 학문적인 명성을 한 몸에 받았다.

그런데 발해의 오소도가 당의 과거에 합격하여 신라의 이동보다 석차가 위에 있게 되자 최치원은 그것을 신라의 영원한 수치로 남을 것이라고 말했다. 또 몇 해 뒤에는 오소도의 아들 광찬이 신라의 최언위 밑에 있다 하여 오소도가 불만을 토로 석차 순위를 바꾸어달라는 말썽을 일으키게 된다.

이와 같이 최치원과 오소도는 같은 수준에서 남북의 대립상황을 넘어서지 못했고, 당나라 동방정책에 이용되고 있다는 것을 끝내 알지 못했다. 그리고 최치원은 남쪽을 '무궁화 동산'이라고 예찬하면서 북국 발해를 오랑캐의 습성을 물려받은 나라라고 혹평하였다. 그리고 당나라 황제가 신라에 대해 특별한 지원을 하지 않으면 무궁화동산이 침체되고 북국 오랑캐들의 해독이 더 커질 것이라고 호소하였다.

당시 신라의 지식인인 최치원이 이렇게 남북국시대를 이해하고 있었다면 다른 대부분의 사람들의 남북국시대에 대한 의식도 미루어 짐작할 만하다. 발해가 고구려의 후계자임을 분명히 말하고 있었던 최치원이 정치적 사정 때문에 발해를 미개한 오랑캐라고 나쁘게 말하는 것은 분명히 지나친 일이다.

남북국 시대의 발해와 신라의 관계를 오늘에 다시 조명하여 반성해 보면 우리가 살아가고 있는 현재의 남북분단 상황에 대해 고민해 보지 않을 수 없다. 우리민족의 의지와는 상관없이 강대국에 의해 한반도가 반으로 갈라지고, 50여 년 동안이나 허리 잘려 살아오며 우리 민족끼리 서로 시기하고 싸워 온 것에 대해 뼈저린 반성을 해야 한다.

앞서 말한 지난날의 역사에서 오늘의 역사를 배우며, 이제는 민족이 하나가 되는 화해와 협력의 길을 재촉하여야 하는 것이다. 발해와 신라가 당이라는 외세에 대해 주체적이고 능동적으로 대처해 나가지 못한 남북국시대와도 같은 현재의 분단시대를 극복하고, 비록 외세에 의해 분단되었다 하더라도 남북이 서로 화해하고 협력하여 자주적이고 평화적인 방법으로 민족문제를 해결해 나가야 한다.

최치원과 오소도처럼 편입된 의식으로 서로를 비방해서는 안될 것이며, 우리민족은 민족대단결과 민족화해협력의 원칙하에 민족번영의 통일을 위한 역사를 이끌어 가야할 것이다.

- 2004년에 출간된 『생각의 흔적』 중에서

전환기를 준비하는 우리의 진지

1. 김영삼 정권의 성격과 한계

민주세력과 독재세력과의 한판승부를 둘러싸고 격돌한, 92년 대통령선거는 민주세력의 패배로 끝났습니다. 선거과정에 있어서 중립내각이라는 허울을 쓰고 부정선거를 교묘하게 저질러 온, 민자당과 김영삼은 '지역감정'과 '색깔론'이라는 제국주의적인 체제와 군부독재의 양대 지배수단인 지역분할정책과 반공이데올르기를 이용함으로써 그들은 또 한번 권력을 유지하게 되었습니다. 그리고 과거의 정권과는 다르게 국민의 대부분이 대통령선거의 절차의 공정성을 인정하게 되었으므로, 더 이상 정권의 정통성 시비는 없을 것입니다.

그러나 과거 지배세력(외세, 독점재벌, 관료, 군부세력)과 민간세력(반군사독재와 부분적인 개혁 성향을 가진 보수개혁)이 결합된 김영삼 정권의 성격상, 민중을 위한 진정한 개혁을 이룰 수는 없기에, 얼마 가지 않아 분명 국민을 배신하고 민중의 생존권을 억압할 것입니다. 전교조의 합법성을 인정하지 않을 뿐만 아니라 경제를 살린다는 명분으로 총액임금제를 강행하여 노동자의 임금을 동결할 것이고 미국의 이익을 지켜주기 위하여 농산물의 국내수입을 받아들이게 될 것입니다. 더욱이 미국의 경제회복을 위해서는 전자, 통신 심지어 전쟁무기의 수입마저도 더욱 늘릴 것입니다.

이렇듯 지배세력의 온존과 이익을 지키기 위하여 민중의 생활을 향상시키기 위한 개혁은 뒷전이 될 것이고 급기야는 국민으로부터 지탄을 받는 정권으로 탈바꿈 할 것입니다.

2. 진지 구축의 의미

이탈리아의 변혁이론가 '안토니오 그람시'는 '현대의 변혁은 기동전이 진지전이다.'라고 말하였습니다. 현대의 변혁이 과거의 그것과는 다르게 쉽지 않음을 의미하는 것이며, 권력의 주도권이 지배세력에서 다른 세력으로 쉽게 전이(轉移)되지 않았음을 뜻하는 것입니다. 그러나 분명한 것은, 언젠가는 변혁세력이 주도권을 쥐고 변혁을 완성할 것이라는 미래의 지향이 담겨져 있다는 사실입니다.

우리는 대통령선거 패배 이후, 힘들어하고 희망을 잃은 듯하지만 우리에게는 민중을 위한 뜨거운 사랑이 있고, 우리 서로

서로에게 따뜻하게 해줄 수 있는 애정이 있기에, 마침내 승리할 수 있다는 희망과 자신감이 있는 것입니다. 그러고 이러한 사랑의 힘은 승리의 날을 대비한 거대한 흐름의 진지를 구축하게 될 것입니다.

김영삼 정권을 패퇴시키고 우리 민주세력이 당당히 권력의 주인이 되고 조국의 자주화와 통일을 이룩할 날을 맞이하기 위해서는 먼저 '유비무환'의 마음가짐과 성실한 일상생활 그리고 청년회의 앞으로 3년의 활동이 어떻게 이루어지느냐에 달려있는 것입니다.

그것은 김영삼 정권이 가지는 성격과 한계로 인해 국민으로부터 따돌림을 받게 되는 시점이 김영삼 정권의 부분적인 개혁 정책이 실패를 맞을 김영삼 취임 후 1년에서 3년 사이의 시간이 될 것이기에, 조국의 자주화와 민주화 그리고 겨레의 통일을 위한 우리 자신의 일상생활뿐만 아니라 우리 청년회의 활동에 있어, 청산이 아니라 혁신을 바탕으로 하는 대중사업과 조직사업 그리고 재정사업의 토대를 확실히 구축, 확대해 놓아야 하는 것입니다.

3.진지 구축의 방도

앞으로의 우리 청년회의 활동을 계획함에 있어서는 거창한

계획보다는 실사구시(實事求是)의 정신에 따라 우리가 청년회 활동에서 피부로 느끼는 문제를 중심으로 해결할 수 있도록 사업을 배치하여야 할 것입니다.

이 나라의 자주화와 민주화 그리고 민족의 통일을 위한 우리 청년회의 진지(陣地)가 오랫동안 잘 견디려면 어떻게 구축하여야 하겠습니까?

첫째, 포항청년 모두의 회로 !!!

솔직히 말해 포항민주청년회를 알고 있는 청년들의 숫자가 과연 얼마나 되겠습니까? 우리 청년회의 활동내용 중에 포항청년과 함께 하려는 사업을 얼마나 펼치려고 했습니까? 그간의 활동을 통해 청년회의 전체적인 정치적 의식은 상승했을지 몰라도 회원만 아는 청년회가 되어 왔지 않았던가 하는 물음이 우리 자신에게 제기되어야 합니다.

청년회가 회원들의 처지와 조건에 맞추어서 모임이 진행되어야 합니다. 너무 쉽게 청년회에 왔다가 너무 쉽게 나갑니다. 그러니 청년회가 커질 수 가 없는 것입니다, 1주일에 한 번, 아니면 2주일에 한 번, 정 안 된다면 한 달에 한 번이라도 참여할 수 있어도 회원이 될 수 있도록 청년회 소모임과 분위기를 만들어 놓아야 하는 것입니다.

그리고 청년회가 너무 정치적인 활동에 치중함으로 인해 정치적인 의식이 있는 회원만이 청년회 활동에 참여할 수 있게끔 되지 않았나 하는 것입니다. 우리 청년의 미래는 밝습니다. 그러기에 청년기에 느끼고, 배우고, 실천하여야 할 것이 많은 것입니다. 그렇다면 연애문제, 직장생활, 청년이 가져야 할 소양 등 이러한 인생의 전반적인 고민을 함께 풀 수 있는 청년회가 되어야만 우리 청년회의 폭과 깊이는 더욱 넓고 깊어지는 것입니다.

둘째, 재정자립의 길에서!!!

재정사업에는 청년회의 역사 중에 모범이 될 만한 예가 많습니다. 처음에는 그냥 남의 사무실에 끼어들어 살다가, 그것도 잘 안되어 다방에서 지내게 된 적도 있었습니다. 지금은 많이 나아져 이렇게 어엿한 사무실을 가지고 있지만 그래도 재정사업에는 획기적인 전환이 요구되고 있습니다.

또 한번 솔직하게 생각해 봅시다. 우리는 돈 문제를 이야기하는 것을 꺼려합니다. 그러다 보니 모든 재정문제를 총무부장님에게 미루어 버리고 거기에 대해서는 고민을 하지 않았습니다. 청년회의 회원이라면 당연히 청년회의 사무실 비용이나 전화비용의 내역에 대해서 알고 있어야 합니다. 먼저 소모임에서 청년회의 재정문제가 어떻게 꾸려지고 있는지에 대해서 이야기할 수 있는 분위기가 되어 있어야 합니다.

김경수경남도지사캠프에서, 벗 이상무동지와 함께

그리고 지금은 그렇게 되지 않지만 상근자를 위하여 상근비를 얼마라도 마련 할 수 있도록 하여야 합니다. 그렇다고 많이는 줄 수 없다는 것은 회원이면 누구나 잘 알 겁니다. 이렇다면 어떻게 하여야 할까요? 상근자는 한 둘이면 됩니다. 단적으로 전화를 받을 수 있고 회활동을 위하여 연락을 취할 수 있는 사람만 있으면 되는 것입니다. 모든 회원들은 직장생활을 하여 회의 재정에 도움이 될 수 있도록 하면 됩니다.

여기서 더욱 나아가 회원이 될 수 없는 사람들을 묶어 세워 '자료회원' '후원회원'으로 한다면 청년회의 재정은 자주성을 확보하게 될 것입니다. 하나 짚고 넘어갈 것은 기존의 후원회원을 적극적으로 다시 조직하는 것입니다. 이제까지 후원회원에게 소홀했던 점을 사과하고 열심히 뛰어 다녀야 하는 것입니다.

셋째, 투쟁보다는 역량축적을!!!

작년의 총선투쟁, 통일투쟁, 대선투쟁을 치르면서 우리는 힘이 많이 소모되었으며 또 많은 것을 느끼고 배웠습니다. 특히 총력투쟁을 한 대선투쟁 속에서 우리는 중요한 것을 배웠습니다. 아직도 우리와 포항청년들과의 벽은 높은 것이며 그 벽을 허물기 위해서는 우리가 직접 그 청년들과 만날 수밖에 없다는 것을 말입니다.

앞에서도 말했듯이 이제부터 약 3년간은 우리의 흩어진 대오를 다시 모으고 청년회의 역량을 축적하여 다가올 전환기를 준비하는 기간으로 삼아야 합니다.

돌발적인 투쟁에 나서다 보니 청년회의 힘은 우리도 모르게 조금씩 줄어들었습니다. 계획되지 않은 싸움은 자제를 하여야 하는 것입니다. 그렇다고 이것이 포항지역 주민들의 권익을 향상하는 일에 뛰어들지 말자는 의견은 아닌 것입니다. 역량에 맞게끔 실천을 하여야 한다는 의미인 것입니다.

넷째, 우리 모두 간부가 되어 !!!

실제로 청년회의 간부는 너무 적습니다. 간부라는 것은 회를 이루는 튼튼한 줄기라는 뜻인데 그런 역할을 하려고 하는 사람이 적다는 말입니다. 간부란 것은 회의 임원이라고 해서 다 되는 것은 아닙니다. 활동을 주동적으로 적극적으로 하려고 하는 사람이 간부가 되는 것입니다. 자신의 처지와 조건에 맞추어 회 활동에 능동적으로 임하는 사람이 되자는 것입니다. 그것도 모두가 그렇게 하여야 합니다.

현재의 회원간의 관계는 그간의 생활 속에 대체적으로 잘 아는 사이가 되었으며 새로 들어오는 신입회원들보다는 회에 대해서도 더 잘 알고 있습니다. 그렇기에 회원 서로에게 모자란 점을 보태며 회 생활에서 도울 수 있는 일을 서로에게 도와줍시다. 이것이 모두가 간부가 되는 길입니다. 회원들은 '평생 함께 한다.'라는 생각으로 말입니다. 또 평생 함께 하여야 합니다. 그리고 신입회원들을 따뜻하게 맞이하여 회 생활에 잘 적응할 수 있도록 해 줍시다. 그리하여 신입회원이 회에 적극적으로 나올 수 있도록 하며, 나아가서는 자기의 조건을 잘 고려한 간부가 되도록 합시다.

다섯째, 덕목에 맞추어 !!!

- 우리는 진취적이며 주체적인 청년이다
- 우리는 정의롭고 예절바른 청년이다
- 우리는 서로 돕고 단결하는 청년이다

우리 청년회의 덕목입니다. 그렇지만 우리 회원들은 회칙에 나와 있는 청년회의 덕목을 잘 외우지 못하고 있습니다. 신입 회원교육 때 한 번 보고 난 뒤로는 거의 알고 있지 못합니다. 우리 청년회는 이 땅의 자주화와 민주화 통일을 지향하는 것으로 되어 있습니다. 그렇기 때문에 우리는 더욱 덕목을 잘 알아야 합니다. 왜냐하면 덕목의 내용이 민족의 자주화와 통일, 사회와 나라의 민주화라는 정신에 입각하여 만들어져 있기에, 회생활과 우리의 일상생황을 성실히 할 수 있기 때문입니다.

자주적이며, 옳은 일에 기꺼이 나서고, 서로 돕는 회원들만으로 구성되어 있는 청년회라면 우리는 무엇이든지 할 수가 있습니다. 그리고 이러한 청년이라면 포항지역에서 칭찬을 안 받을 리가 없으며 많은 청년들이 청년회의 회원이라면 믿고 따라올 것입니다.

덕목에 따라 회 활동에 임한다면 회원 서로간의 사랑이 절로 넘칠 것이고 서로가 낯붉히는 일이 없을 것입니다. 그리고 서로의 모범이 되어 선후배의 차이가 없이 서로에게 배울 점을 찾을 것입니다.

4. 청춘을 조국과 더불어

우리는 92년 겨울을 통 큰 단결을 과시하며 위대한 투쟁으로 보냈습니다. 비록 그 투쟁으로 승리의 고지에 다다르지는 못했지만, 그 92년 12월의 투쟁으로 승리의 고지에 다다르지는 못했지만, 훗날 그 92년 12월의 그 추운 겨울밤이 진정, 우리 승리의 시작이었다고 회상할 수 있도록 앞으로의 3년을 보냅시다. 조국의 등줄기를 타고 흐르는 거대한 진지를 구축합시다. 물론 그 진지는 포항지역의 청년대중과 함께 하여 민족의 기둥으로 우뚝 서는 것일 것입니다.

이제 우리는 93년을 새롭게 시작하기 위하여, 새로운 마음으로 청년회를 우리의 품안으로 안아 와야 합니다. 뜨거운 사랑과 정이 넘쳐흐르는 우리의 공동체로 말입니다. 그리고 2월말로 다가온 총회를 힘 있게 개최하여 92년의 활동을 실천적으로 평가하고, 그 평가에서 무너지지 않을 장기적인 전망을 가지고 93년의 활동계획을 세웁시다.

회원들이 너무 많아 서로 얼굴 알기가 힘들 정도로 청년회를 크게 하고, 회원이 많기에 재정에 대해 걱정하지 않아도 되게끔

저희 남매도 독도를 지키겠습니다

합시다. 그래서 조국과 민족을 위한 모든 사업이 활기차게 이루
어지게 하여 포항민주청년회 회원이라면 누구에게나 칭송받는
청년회를 만들어 봅시다.

　우리는 조국과 더불어 살아가고 있기에 언제나 자신만만합니
다. 그리고 꿀릴 것이 없습니다. 우리는 민족과 민중을 위해 살
아가고 있기에 흔들림이 없으며 떳떳합니다.

　우리의 피 끓는 청춘이 조국과 함께 하는 한, 우리는 조국의 주인이며 이 세계의 주인입니다. 또한 조국과 세계의 운명을 개척하는 청년이기에 더욱 그러한 것입니다.

- 1993년 2월 20일 발간된 『포항민주청년회』 회지 청년 8호에서

유성찬의 다섯번째 이야기

그날이 오면

발행일　　2022년 2월 10일 초판 1쇄

지은이　　유성찬

펴낸곳　　도서출판 나루
출판등록　2015년 12월 4일 제504-2015-000014호
주소　　　포항시 북구 우창동로80
전화　　　054-255-3677

ISBN　　　979-11-974538-8-5 03800